JN160792

ワタクシ、直木賞のオタクです。

川口則弘

basilico

ワタクシ、直木賞のオタクです。

目次

Contents

1 直木賞は、ほんとにすごいのか。すごくないのか。

評判

2 八十ン年、よくめげずに続けてきました。

歴史

3 受賞がもたらす、ささやかな出来事。

実績

4 とらなかった作品のほうこそ、直木賞って面白い。

現実

5 文学性＋エンタメ性、という難問にみんな大わらわ。

選考

6 直木賞はなくてもいい。けど、あったっていい、ですよね？

執念

イラストレーション　田島ハル
装幀・本文フォーマット　巖谷純介

ワタクシ、直木賞のオタクです。

評判

1 直木賞は、ほんとにすごいのか。すごくないのか。

直木賞はもう落ち目と言われてから三十年以上たったんですけど

――一九八三年の直木賞批判について

直木賞って何がいちばん面白いんだろう。と考えながら暮らしている病的な人間は、あまりいないかもしれませんが、ワタクシの知っている重症患者（って自分のことだ）に言わせると、やはり最上級のブツは「直木賞に対して何か言っている人たちの文章」らしいです。

何か言っている。そのなかでも特級に面白いのは、何といっても「批判している文章」でしょう。直木賞をボロカスに叩いています。楽しいです。

だいたいの直木賞批判は、時代性に関係がなく、似た話の繰り返しです。だけれど、ワタクシはいつも、いろんな時代に書かれた同じような批判文を読み返しては、ますます愉快な直木賞のとりこととなり、明日を生きる活力をチャージしています。

ひとつ代表的なものを挙げますと、『キミはこんな社長のいる文藝春秋社を信じることができるか？』（一九八三年四月・幸洋出版刊）という本があります。ここに収められているのが、坂口義弘さんによる「マスコミに現れた文春三賞（芥川賞・直木賞・大宅賞）の評判」。発表されて三十年以上が経ちました。

ワタクシがこの文献に出会ったのは、二十数年前、直木賞に興味をもちはじめたころです。当時は、なかなか鋭い直木賞批判だなあ、と感じたんですけど、読めば読むほど、妄想・奇想・偏見・願望がパンパンに詰まっている、つまりは世の「直木賞批判」のスタンダードと言いますか、模範解答のような出来だなあと思うようになりました。

二十一世紀になって十数年たったいま、ネット上で飛び交っている直木賞批判と、語調も内容も、そっくり激似。その意味でも「面白い」直木賞批判記事だと、改めて評価したい記事なのです。

これは、書名からも想像がつくとおり、思うぞんぶん文藝春秋をバッシングしています。基調となっているのは、「文春ごときが、でかい顔するな！」のテイストです。

（引用者注：直木賞・芥川賞では）半年で一〇〇〇点以上にものぼる作品を選考委員がすべて目を通すのではなく、委員の審査対象になるのは〝候補作〟と呼ばれるわずか一〇点たらずの作品ということだ。その一〇点たらずの作品を〝選ぶ〟のは、文春社員である。（引用者中略）つまり、文春段階で、すでにある方向づけがなされるといっても過言ではない。文春社員が〝選ぶ〟社員が選んでくれるであろうという予測のもとに小説を書く一発屋が増えるということなのである。なんのことはない。文藝春秋社の手のヒラで、書き手も選考委員も踊らされているに過ぎないのではないか。（坂口義弘「マスコミに現れた文春三賞（芥川賞・直木賞・大宅賞）の評判」より）

うんうん。ほんと、坂口さんの言うことは正しい。

だけど、あれなんですよ。何も文藝春秋が、「文春とは無関係にやっていますよ」とウソついているわけじゃありません。ふつうに情報に接することのできる人なら誰だって、直木賞・芥川賞がどうやって運営されているのかぐらいすぐに知ることができる、豊かで素晴らしい現代日本社会に、ワタクシたちは生きています。

なので、明らかに問題は文春じゃありません。「情報アクセスの容易な現代社会にあって、直木賞が選ばれる過程と背景をわきにおき、ただ〈直木賞〉ブランドが報道・出版販売その他もろもろに大きな影響を与える状況だけを見て、直木賞ってすごいよなあ、と羨望のまなざしを向けてきた（向けている）」人たちの、その習性のほうにあるでしょう。坂口さんには、もっともっとそちらを攻撃してほしいです。

それと「一発屋が増える」とあります。……これってほんとに直木賞も念頭において語っているんでしょうか。

直木賞が欲しくて、文春社員のお気に召すような小説を書いた「一発屋」（↑一発屋というからには、少なくとも一発は大当たりした人に限る）、具体的に誰なんすか。テキトーにイメージだけで（いや、文春を攻撃したい一心で）言ってはいないだろう、と信じたいところではありますが、そういう存在が増えていること、ちゃんと論説してほしいです。

「ふん、くだらない揚げ足とりだな。受賞はどっと華やかに取り上げられる、その割に、大した作品を書き残す受賞者が少ないのは事実じゃないか」

と言われれば、それはそのとおりです。しかし、なぜそれがダメなのかが、ワタクシにはわからないわけです。

後段では、坂口さん、こんな大げさな指摘までしちゃっています。「受賞作のなかに、後世にまで残るようなものが、ない」とか何とか。

文春が文学をダメにした好例は、一九五五年（昭和三十年）の石原慎太郎氏の『太陽の季節』にとどめをさす。この時以来、両賞は年二回のショーと化し、バカ騒ぎになった。両賞受賞者はテレビに週刊誌に引っ張り回され、スターとなり英雄になる。だが、果たしてここ何年かの受賞作品のうち、どれが後世の文学愛好家の鑑賞批評にたえられるだろうか。（同）

よく言われる指摘です。「直木賞批判あるある」のひとつと言ってもいいです。でも考えてみれば、この問題意識も、相当ナゾです。

ナゾでしょ？

なんで受賞作に「後世の文学愛好家の鑑賞批評にたえられる」ことなど求めるの？　とくに直木賞。それを最優先事項として決められているとか、聞いたことあります？　現実、たいていの直木賞受賞作は、数十年たてば世間から見向きもされなくなります。いまに始まったことじゃありません。ずっとそうです。

「半永久的に読者のハートをがっちりつかむ作品を選べるかどうか、それが直木賞（と芥川賞）

の真価だ！」

などと本気で思うのなら、それは、文学賞ごときに過剰な期待をかけているから、でしょう。何十年も、期待はずれの授賞を見せつけられて、それでもなお、無駄で無益な期待をしつづけられる批判者の熱意、というか根気のほうが、直木賞なぞが備えるスゴさより、はるかにスゴいです。

「受賞作が残らないこと」を、キーキーあげつらって笑っていないで、昔の受賞作を、きちんと全部読める世の中にしてほしいですよ、ワタクシは。とくに直木賞ですよ聞いてますか。文学とは何たるか私は知っているのだガハハとか自慢げに胸を張って「文学愛好家」を名乗るような奇人変人たちが、どういうものを鑑賞批評しようが知ったこっちゃありません。まず自分で読めば、けっこう楽しかったり考えさせられたりする小説多いんだもの。と、これはワタクシの実体験です。

話を戻しますと、とにかく坂口さんは、ワタクシなど足元にも及ばない、尋常じゃないくらいの熱心さで、直木賞と芥川賞はスゴくなければならない、と考えているらしく、現実の両賞が自分の理想とかけ離れていることを、えんえんと語ってくれています。はっきり言って、それは直木賞と芥川賞のせいじゃなくて批判する側の意識の問題でしかないんじゃないか。と思えてしまうところが、けっきょくのところ、現代でも行われつづけている「直木賞批判のスタンダード」と呼びたくなる根幹かもしれません。

先に芥川賞・直木賞と無縁の作家を挙げたが（引用者注：太宰治、坂口安吾、高見順、中島敦、野間宏、椎名麟三、埴谷雄高、織田作之助、大岡昇平、三島由紀夫、井上光晴、いいだ・もも、有吉佐和子、高橋和巳）、両賞に縁の無い立派な作家が生まれていることも事実なのである。芥川賞選考委員の中村光夫氏は、「どうしても芥川賞でなくてはならないということはなくなった。こう新人が多量に輩出されるようになった現在、そのジャーナリスチックな価値すら失いつつある」と語っている。芥川賞・直木賞は静かに落日を迎えているのである。そこに気づかずにバカ騒ぎに終始している文春周辺に警告を発しておこう。（同）

どうですか。もはや聞き飽きた感のある、どこにも先鋭さが見つからないこの指摘。登場する固有名詞を変えれば、いまでも（あるいは戦前だって）十分に通用する批判テンプレ。まったくねえ、落日するなら、さっさと落日しちゃえよ直木賞、と本気で思いますよ。これは皮肉でも反語でもなく、だってそうなったら、また楽しいですからね。……え？　もうとっくに落日しているんですか？　そうなんですか。全然気づきませんでした。

その割には、記者会見に登場する受賞者たちは、たいてい直木賞を誇りに思っている雰囲気だし、周囲の編集者や文芸記者も、ワーキャー囃し立てています。せっかくの坂口さんの警告を無視しつづけて三十年。直木賞、早く全国民がわかるかたちで落日してくれないかなあ、自分の生きているうちに落日見られるのかなあ、と不安になりながら、ワタクシはいつも直木賞を楽しんでいます。

もちろん直木賞といえば文学の話題
いえいえ、映像作品ぬきじゃ語れません
——映像化された受賞作について

ここ最近、直木賞受賞作の映像化が相次いでいます。二〇一三年、テレビで『鍵のない夢を見る』『恋』が放映され、映画『利休にたずねよ』が公開。二〇一四年には『小さいおうち』『私の男』『蜩ノ記』が、二〇一五年には『悼む人』が映画になり、『下町ロケット』が連続ドラマ化。とまさに続々と、といった感じです。

思い返すと、「あの受賞作って、映画（ドラマ）のほうが記憶に残っているなあ」と言いたくなる作品、けっこうありますよね。あまりに映像化されたほうが有名すぎて「えっ、あれって原作、直木賞とってたの？」と言われかねないものすらあります。

じっさい直木賞というのは昔から、映像と縁が深く、その関わり合いを調べるだけでも、貴重な一生が終わってしまいそうです。取り急ぎ、ざざーっと振り返ってみたいと思います。

スタートは、直木三十五（さんじゅうご）さんです。そりゃそうです。この人しかいません。

直木さんが小説を書きはじめたのは一九二四年、三十二歳のころですが、当時、小説よりも

何よりも夢中になったのが、映画製作の仕事でした。
一九二〇年代、日本の映画界はにわかに産業として発達、あちこちに常設館が増えるいっぽうで、日活、松竹、帝国キネマをはじめ、映画会社が数多く育ちました。新たな時代を切りひらく急成長ビジネスだった。……とカッコつけて表現しても、何も恥ずかしいことはありません。

直木さんは、とにかく新しいものに目のない人だったので、自分の書いた「心中きらゝ坂」（映画タイトルは『雲母阪』）が映画化されるさいに、牧野省三さんと知り合うと、もう俄然猛然と事業欲をかき立てられて、映画製作に奔走しました。やがて、映画界の体質にゃ嫌気がさしたぜと捨てゼリフを吐きながら、一九二七年に手を引くと、〈大衆文芸〉の雄となって、筆一本で立つことになります。

〈大衆文芸〉という言葉や概念は大正末期に生まれたものですけど、これが普及したのは、新聞、雑誌（とくに週刊誌や婦人誌）、そして映画――要は何万、何十万という不特定多数の人びとを対象にしたマスメディアのおかげ。たとえば映画の原作になることで、活字を読む層以外にも広まりました。逆に〈映画化された作品〉ということが、原作のほうの販売・宣伝に利用されるようにもなります。……直木賞ができる前、すでに〈大衆文芸〉にとって映画はなくてはならないメディアだったわけで、直木さんも流行作家になる過程のなかで、その恩恵にあずかった一人でした。

さて、直木賞です。第一回は一九三五年に発表されましたが、芥川賞ならまだしも直木賞なんてものに注目する変わり者は、当時ほとんど（いや、まるで）いませんでした。

第一回を受賞した川口松太郎さんの「風流深川唄」と「鶴八鶴次郎」は、まもなく一九三六年、一九三八年に映画化されましたが、これは受賞作だから映画化されたのだ！　と見なすわけにはいきません。何つったって作者が作者です。川口さんといえば、それまで原作者・脚本家として十本以上の映画に携わってきた〈映画畑〉の人でしたからね。

むしろ直木賞よりも前に、〈大衆文芸〉と映画界とに強い結びつきが築かれていたことが重要だと思います。直木賞は、〈大衆文芸〉の新人を見つけようとして、しょっぱなから奇しくも（必然的に？）映画業界の人材を引っ張ってくることになった、と解釈するのが自然でしょう。

その後、戦前から昭和中盤まで、いくつかの受賞作が映画になった記録が残っています。橘外男の「ナリン殿下への回想」（映画は『進め独立旗』）、村上元三「上総風土記」（同『明け行く土』）、山田克郎「海の廃園」（同『青い真珠』）と、タイトルを変えて映画化されたものもありました。また、小山いと子原作の『執行猶予』は、佐分利信さんがメガホンをとって、高い評価を得た映画ですけど、公開は一九五〇年七月下旬。直木賞が決まる約一か月前のことでしたから、正確には〈受賞作が映画化された〉例ではありません。

受賞作だからってそれが売りになったかどうか。正直、そこまで効果はなかったと思います。なんせ直木賞といったら、作家や編集者のあいだでは知られた存在だった、といいつつも、世間一般的には地味――はっきり言って、ほぼ〈無名〉の賞でしたから。無理もないです。

その直木賞の社会的評価（というか知名度）が急激に変わります。一九五〇年代なかば以降のことです。

残念ながら、直木賞自身が変わったわけじゃないので、威張ってはいけません。一九五五年下期、石原慎太郎さんが『太陽の季節』で芥川賞を受賞、これが映画化されて広く知れ渡り、おかげで一緒にやっている直木賞も、ひきずられるように名前と存在が知られることになっただけのお話です。その意味で、賞は違うけど『太陽の季節』の映画化は、直木賞史にも多大な足跡を残した大事件でした。

そのあたりから、芥川賞だけでなく、直木賞も、受賞作の映画が数多くつくられていくようになります。

さらに、直木賞にとって大きかったのは、テレビが普及したことでした。当初、テレビ番組といえばスポーツ中継、映画、海外からの輸入ものが多かったんですけど、ＮＨＫ、日本テレビにつづいて、ＫＲテレビ（現ＴＢＳ）、日本教育テレビ（現テレビ朝日）、フジテレビなど、続々と開局するころには、テレビドラマが日常的に製作されるようになります。

ここに〈直木賞〉の名前が威力を発揮し、おそらく〈いま話題の小説〉という観点からでしょう、多くのドラマがつくられました。一九五九年、受賞したばかりの「総会屋錦城」を、原作の城山三郎さん自身が脚色したものなどは、その一例です。五九年、六〇年には他にも、これまで映像化される機会のなかった昔の受賞作まで、次から次へとドラマ化される猛烈な嵐が吹き荒れます。

直木賞八十年。これほど受賞作の映像化熱が高かった時代はありません。歩み出したばかりのテレビ業界が、原作になり得る作品を求めたとき、直木賞という看板が重要な指標になったんだろうな、ということは、容易にうかがい知れます。

そしてテレビは、人材の面でも、宣伝の面でも、内容の面でも、商業小説の世界とおたがい影響を与え合いながら、イイ関係を築いていくのです。かつて、映画界と〈大衆文芸〉が、仲間どうしのような関係を保って成長したことを思い起こせば、当然のなりゆきだった、と思います。

たとえば平岩弓枝さんは、一九五九年、小説を書きはじめてわずか五作目の短篇「鏨師」で直木賞を受賞しましたが、直後、みずから受賞作のドラマ脚本に携わります。師の長谷川伸さんから、「君は小説の会話がうまくないから、戯曲で勉強したほうがいい。テレビドラマも、きっとセリフの勉強になるだろうから、やったほうがいい」と助言されたことがきっかけだった、とか何とか。以後、平岩さんはドラマ界で研鑽を積み、やがてホームドラマの売れっ子脚本家になりました。

逆に、テレビを中心とする芸能界の人たちが、小説を書く、という展開も生まれていきます。一九六〇年代ごろになると、こういった人たちのなかから何人も、直木賞受賞者が誕生しました。

……テレビ創成期の放送作家、〈のぶひろし〉の名でCMソングの作詞も手がけた五木寛之さん。〈軽薄な放送作家〉として、いかがわしい風体でブラウン管にも登場していた野坂昭如さん。NHKの人形劇『ひょっこりひょうたん島』を生み出した劇作家の井上ひさしさん。放送作家として売り出し、テレビ『11PM』の司会を務めていた藤本義一さん。『だいこんの花』『寺内貫太郎一家』などの代表作をもつ人気脚本家、向田邦子さん。そしてクレイジーキャッツを人気者に仕立てた放送作家にして作詞家、青島幸男さん……。

他にも芸能界の人たちが立てつづけに候補に挙がったり、受賞する例が増えたりして、マスコミからは、「直木賞・芥川賞のタレント化だ。(世も末だ)」と、さんざんヤジられました。

昔のヤジに対して、いままじめに返すのも野暮ですけど、直木賞が、小説界以外から出てきた作家に目をつけることは、そんなに特殊じゃありません。映画・テレビと小説との、接触といおうか交流は、〈大衆文芸〉界の伝統で、それが直木賞の場でも脈々と受け継がれた、というだけのことです。

・・・

一九七〇年、八〇年代と時は進み、映画史に残るような、直木賞原作の傑作映画が次々と生まれていきます。

年度の優秀な映画を決める『キネマ旬報』ベスト・テンだけを見ても、『軍旗はためく下に』(一九七二年)、『復讐するは我にあり』(七九年)、『恋文』(八五年)などがランクイン。

忘れちゃならないのが『蒲田行進曲』（八二年）です。つかこうへいさんが、まず舞台用に戯曲を書き、それを小説化したところ、直木賞を受賞、さらに自身で脚本を手がけて、深作欣二監督のもと映画化されたもので、原作も売れましたが、映画も大ヒットしました。いまなお、原作を超えて（と言いたい）多くの人びとに愛されつづけている記念碑的な作品となっています。

翌年、松竹は同じく受賞作の『時代屋の女房』も映画にしました。小説のほうは「うまい文章で、こぢんまりとまとまっているが、直木賞の対象になるには弱いと思った」（村上元三の選評）とか言われて派手さはなかったんですけど、映像化の（というか、主演の夏目雅子さんの）おかげで、どーんと存在感を示す一作に。

原作の村松友視さんは、「映画化されると自分の作品が華やぐ感じで、作者としてはめでたい。お陰で直木賞の受賞者と受賞作がセットで記憶されている一人に入っているんじゃないかと思います」（『文藝春秋』一九九九年二月号）と回想していて、ワタクシもまったくそう思います。

直木賞の性質には、そのままでは陽の当りづらい、地味で地道な小説に、世の視線を向けさせる、という側面が、明らかにあります。その意味で受賞作の映像化は、よりいっそう直木賞の役割を加速させた、と言えるかもしれません。

一九八八年に公開された『火垂るの墓』も、直木賞映像史に残る快作でした。

高畑勲監督によるスタジオジブリ制作のアニメ映画で、原作は、六八年に受賞した野坂昭如さんの同名小説。それまでにも何度か、映像化の話は持ち上がったらしいんですが、作品の舞台である戦時下の神戸をリアルに表現することが難しい、などの理由で見送られてきたといいます。これをアニメという表現で蘇らせて、作品に新たな息吹を与え、『となりのトトロ』と同時上映。その後もひんぱんにテレビで放映、放映、再放映。合わせて原作のほうも息長く読み継がれる一作となりました。

〈直木賞〉の名前は、映像化されるときの大きな宣伝材料へと成長しました。と同時に、映画・ドラマを観て魅了された人たちが、逆に〈直木賞〉の印象を、強烈に記憶に刻んでいくことにもなって、受賞作を原作とする映像作品は、コンスタントに増加していきました。

・・・

一九九〇年前後、ドラマと商業小説界にまたがる大きな話題といえば、やっぱこれでしょう。長篇ミステリーの公募賞が群立したことです。

テレビ局と出版社がタイアップして五百万円から一千万円の高額の賞金を用意。一般から小説を募集しまして、〈サントリーミステリー大賞〉〈日本推理サスペンス大賞〉〈FNSミステリー大賞〉などが新設されたほか、すでにあった〈江戸川乱歩賞〉や〈横溝正史賞〉もテレビ局から後援を受けることになり、受賞作の数多くがドラマ化されました。

この波の影響は、着実に直木賞にもあらわれます。右記のような公募賞で名を挙げた作家たちが、候補に選ばれはじめ、そのうち笹倉明さん、髙村薫さん、宮部みゆきさんなどが受賞。直木賞受賞後にドラマ化された藤原伊織『テロリストのパラソル』も、もとはといえばフジテレビ後援の乱歩賞を受賞したものだったりします。

さらに、一九九一年から本放送を開始した衛星放送局ＷＯＷＯＷも、注目すべき存在です。〈ドラマＷ〉〈連続ドラマＷ〉のシリーズ名で、小説などを原作としたオリジナルドラマを制作・放映。ここに直木賞受賞作もずいぶんと駆りだされることになり、『理由』『４ＴＥＥＮ　フォーティーン』『マークスの山』『対岸の彼女』『下町ロケット』などがつくられました。

映画のほうも、ここ近年、増加傾向にあります。具体的な数字を挙げますと、二〇一五年までの十年間で、公開された数は十五作。その数、昭和三十年代の十年間を超えるほどの賑わいで、思いきって言ってしまえば、いままさに直木賞は、第二期〈映画化ブーム〉を迎えているわけですね。

「文学賞といったら、文学の賞だ、当たり前でしょ」とふつうは思います。だけど、じゃあ映像化の話題がおまけにすぎないかと言えば、そんなことはなくて、文学賞……とくに直木賞は、常に各種メディアとの関わりのなかで存在し続けてきた現実があります。直木賞と映像化。この話を深掘りしていけば、きっと一生を台無しにできるほどの、めくるめく研究のタネが眠っていることは確かなんですが、とりあえず果てがないので、ここらでやめておきます。

直木賞受賞作の映画化作品

【昭和30年代】

1956年	『鶴八鶴次郎』(1935上)
1958年	『渡る世間は鬼ばかり ボロ家の春秋』《ボロ家の春秋》(1954下)
1959年	『花のれん』(1958上)
	『総会屋錦城 勝負師とその娘』《総会屋錦城》(1958下)
1960年	『風流深川唄』(1935上)
	『ある脅迫』《落ちる》所収の一篇(1958下)
1961年	『背徳のメス』(1960下)
1962年	『お吟さま』(1956下)
	『はぐれ念仏　歓喜まんだら』《はぐれ念仏》(1960下)
	『雁の寺』(1961上)
1963年	『忍者秘帖　梟の城』《梟の城》(1959下)
	『江分利満氏の優雅な生活』(1962下)

【最近10年】

2007年	『オリヲン座からの招待状』《鉄道員》所収の一篇(1997上)
	『あかね空』(2001下)
	『肩ごしの恋人』日韓合作(2001下)
2008年	『火垂るの墓』(1967下)
	『容疑者Xの献身』(2005下)
2011年	『オボエテイル』《緋い記憶》所収《緋い記憶》《遠い記憶》(1991下)
	『まほろ駅前多田便利軒』(2006上)
2012年	『私の叔父さん』《恋文》所収の一篇.(1984上)
	『凍える牙』韓国製作(1996上)
2013年	『容疑者X 天才数学者のアリバイ』韓国製作《容疑者Xの献身》(2005下)
	『利休にたずねよ』(2008下)
2014年	『小さいおうち』(2010上)
	『私の男』(2007下)
	『蜩ノ記』(2011下)
2015年	『悼む人』(2008下)

※公開年ごとにまとめたもの
※『　』は映画タイトル。原作タイトルが異なる場合、原作名を《　》で示す
※(　)は原作が直木賞を受賞した年・期

受賞すれば親戚連中を見返せる
そんなギャグ小説を書いてた人が、ほんとに受賞
――東野圭吾「もうひとつの助走」について

嬉しいことに、この世には「直木賞のことを描いた」小説が数々あります。

直木賞ファンのひとりとして、ワタクシもそういう小説に目がないんですが、新たな定番作品といえば、これでしょう。東野圭吾さんの「もうひとつの助走」です。

パロディものです。愉快でたのしいです。こういう類の作品について、知ったかぶりして講釈たれるのは、心底はずかしい。パロディなんて、元ネタになっているモデルや本家を知っている人だけが楽しめればいいわけだし、こちとら編集業界には何の関わりもない、ただの一読者。解説しようだなんて、おこがましいかぎりです。

だけど、直木賞の楽しさにつられて、ひょいひょい先を続けます。

「もうひとつの助走」を紹介するにあたって忘れちゃいけないことがあるとすれば、それはこの作品がワタクシたちの前に現れたタイミングが、三度あるってことでしょう。

一回目は初出、『小説すばる』一九九九年七月号です。

二回目は、単行本『黒笑小説』（二〇〇五年四月・集英社刊）に収録されて出版されたとき。

三回目。文庫本『黒笑小説』(二〇〇八年四月・集英社刊)に収録。作品の内容は三度ともまったく変わっていません。ところが、東野さんと直木賞を取り巻く状況は、三度とも変わりました。もう劇的なほどに。

そのためこの作品は、誰が言い出したということなしに、「奇跡の小説」と呼ばれることになるのです。ってたぶん誰からも呼ばれてないですけど。

・・

直木賞がどのように描かれているか。少しだけご紹介します。

具体的な賞の名前は一度も出てきません。主催は「新日本小説家協会」、しかし実態は出版社の「灸英社(きゅうえいしゃ)」がスポンサーとなり、運営されている賞です。

主人公の寒川心五郎(さむかわしんごろう)は、デビュー三十年のベテラン作家。ミステリー的な小説を灸英社から出して、今回で五度目の候補にあがりました。

この賞をとると、いったいどうなるのか。寒川は心のなかで、こう思っています。

受賞ということになれば、本の売れ行きも全然違ってくる。本屋にずらっと俺の本が並ぶぞ。寒川心五郎という名前が一躍メジャーになる。クレジットカードだって簡単に作れる。テレビからだってお呼びがかかるかもしれない。寒川心五郎と聞いて、「あらあ、ごめんなさい。聞いたことないわあ」と馬鹿笑いをされなくても済む。俺のことを売れない作家だと

思っている親戚連中を見返してやることもできる。（「もうひとつの助走」より）

現実には、直木賞をとった人の名前なんて、多くの人は興味もないし覚えてもいないもんですが、親戚ぐらいは見返せるのかもしれません。って、べつにこれが「直木賞」だとは、作者は一言もいっていないんですけど、東野さんの術中にハマって、つい直木賞を思い浮かべてはニヤニヤしてしまいます。

寒川五度目の候補となった今回は、おそらく冬から春にかけての時期。全候補作中、時代小説はひとつもなく、一作を除いてみなミステリー風の小説です。下馬評では、寒川も受賞の可能性があるのでは、という噂がひそひそ。

寒川を含め、有力視されている候補者は、みな二度以上の候補経験がある人で、各出版社になじみの編集者がついています。このあたりが、〝本家の助走〟が世に生まれてから二十年以上がたっている、その時代性を感じさせるところでもあります。

・・・

と〝本家の助走〟というのは、これはもう言うまでもなく、「直木賞を描いた小説」の金字塔こと、筒井康隆さんの『大いなる助走』（一九七九年三月・文藝春秋刊）です。〝本家〟では、主人公は地方の同人誌に参加する青年でしたが、こちらはベテラン作家とそれを取り巻く編集者たちに視線を向け、彼らのオモテの顔と、内心で考えていることのギャップが描かれていきます。〝本家〟みたいに、選考委員たちを俗物（っていうより、ほぼ怪物）っぷりまんまで描くみたいな、ハシタナイことはしません。

『小説すばる』にはじめて掲載されたとき、東野さんは作家デビュー十四年目くらいです。直木賞の候補になったのは、その年（一九九九年）の一月、第一二〇回（一九九八年・下半期）で『秘密』が取り上げられた一回きりしかありませんでした。

しかし直木賞というのは、他の類似賞に比べて、候補になればなったで、落選作家としても箔（はく）がついてしまう、という異常な性質をもっています。江戸川乱歩賞をとってデビューしてから、とにかく文学賞で落選しまくっていた東野さんにとっても、直木賞落選セレモニーは、「文学賞をネタにしたパロディ小説を堂々と書くことができる」貴重な通過儀礼だった……のじゃないかと思います。

その後、東野さんは第一二二回（一九九九年・下半期『白夜行』）、第一二五回（二〇〇一年・上半期『片想い』）、第一二九回（二〇〇三年・上半期『手紙』）と直木賞の候補に挙げられて、落選街道を突き進みました。そしていよいよ第一三一回（二〇〇四年・上半期）、『幻夜』が候補になり、かるがると落とされるにいたっては、しきりに『もうひとつの助走』の呪い」論がささやかれたものです（……たぶん）。

何といっても、書かれた当時は想像もしなかった、東野さん五度目の直木賞候補。作中の寒川先生に追いついてしまったからです。

しかし、呪いといおうか幸いといおうか。翌年四月に、『黒笑小説』が売り出されることになり、自身のお笑い小説集のなかでは最もよい出来だと、東野さん、自画自賛の一冊となったんですが、初出のころにはなかったパワーが、自然と作品にみなぎることになったのは、やはり僥倖だった、といってしまいましょう。直木賞に五度落ちた人気作家が、文学賞に五度も候補になった作家を題材に、小説を出すという、俗にいえば「おいしい」状況。

おいしさに乗じて『黒笑小説』のカバー写真には、東野さんと実際の編集者たちが、某焼鳥屋に集まった光景が使われ、「某文学賞の選考結果を編集者と待つ著者」というキャプションが付けられました。小説もさることながら、あのカバーにゃ笑ったよ、という読者が（おそらく）急増。これで「もうひとつの助走」に込められた、直木賞にまつわる呪いも、ふっとぶことになった……ちゅうのは、ええ、何の根拠もないワタクシの妄想です。

それからまもなくの二〇〇六年一月、東野さんは晴れて直木賞受賞者となりました（第一三四回　二〇〇五年・下半期『容疑者Xの献身』）。そして『黒笑小説』が文庫になるころには、受賞と引き換えに（?）、文庫のカバーは、やけにあっさりとしたものになってしまいます。「もうひとつの助走」にまといつく怨念、または笑いも、否応なくレベルダウンしてしまったわけですが、いや、三度市場に現れて、内容は全然変わっていないのに三度ともちがった風味で受け止められる、奇跡の変遷を、この数ページの短篇が持っているそのことだけでも、ワタクシは一読者として、嬉しいのです。

地元に帰れば名士扱い
本人、かなり困っています
──奥田英朗の受賞エッセイについて

二〇一四年、第一五〇回記念として文藝春秋から『直木賞受賞エッセイ集成』が出版されました。待望（していた人、いますよね？）の本すぎて、嬉しさで跳びはねながら書店に駆け込んだところまではよかったものの、中身を見てガッカリした人もいたかと思います。ええ、ワタクシです。

奥田英朗さんの受賞エッセイ（と言っていいのか……）が載っていないからです。

代わりに、掲載中ただひとり、再録ではなく新稿の「十年経って言うのもなんだが」が載っています。だから十分でしょ。っつう見方もあるでしょうが、やはり受賞エッセイは、受賞して間もないときの精神状況・とりまく環境下で書かれたものであってほしい。それを奥田さんは、いま読むと小恥ずかしいから、なんちゅう理由で再録を断ったと言います。悲しいです。と同時に、ますます奥田さんのブレない男ぶりが好きになってしまいます（どっちなんだ）。

受賞者が『オール讀物』の発表号に自伝エッセイを寄稿する、という制度が確立したのは、第九十五回（一九八六年・上半期）からです。以降、ときどきエッセイじゃなくインタビューに替わったりしましたが、ここに、小説の登場人物と自分との会話、というかたちの原稿を提出したのは、たったの二人。奥田さんと原尞さんしかいません。アノ原さんと並ぶ存在！　というだけでも、どれだけ奥田さんが一筋縄ではいかない受賞者なのか十分に知れると思います。

エッセイで、人と違ったことをする。受賞のことばでは、笑いをとろうとボケてみせる。受賞式には（アテネオリンピックの取材のため）欠席する。受賞エッセイ集では再録を断る。……ホレボレします。

しかも、青くさい文学青年っぽくないところがまたよくて、直木賞にまつわる権威臭を、拒否ったりしません。直木賞を公然と批判したりもせず、ごくまっとうな立場に終始しています。そのまっとうさが、「直木賞」という暴力的な騒音を浴びて、キラリと光ります。

たとえば、受賞直後に奥田さんが挙げた叫び声、聞いてみてください。ほんと、まっとうすぎますよ。

いわく、直木賞とったからって、いきなりおれを名士扱いするな！

伊良部　オクちゃん、最近売れてるんだって？

奥田　売れてるのは先生とマユミちゃんですよ。こっちは単なる付属品。でも、いきなり名士扱いする人たちが現れて困惑してますけどね。

伊良部　作家っていう肩書きは、妙にステイタスが高いからね。

奥田　まったく。少なくともおれのことは尊敬するな、と叫びたくなる。（『オール讀物』二〇〇四

年九月号「受賞記念架空対談　奥田英朗がドクター伊良部を訪ねたら」より）

直木賞の受賞者なら、ほとんどがこういう状況に直面するんでしょうが、奥田さんの場合、地方出身であったことも、「妙に尊敬のまなざしで見てくる外野の目」を強く感じた要因かもしれません。当時、岐阜はたいへん賑わったらしいです。

母校岐山高校の日比野安平校長は、以前から奥田さんのファン。「心優しい主人公が登場し、読むと心が休まる。受賞は在校生にも大変励みになる。ぜひ学校にお招きしたい」と卒業生の快挙をたたえた。（引用者中略）

鬼頭善徳県教育長　伝統ある文学賞の受賞は、奥田さんの才能とこれまでの努力が示されたばかりでなく、文学表現を目指す多くの岐阜の人たちへの大きな励みにもなる。（『岐阜新聞』二〇〇四年七月十六日「奥田さん４度目の正直　直木賞受賞　候補の常連、念願かなう」より）

こういう反応を、日本語で「名士扱い」と呼ぶんじゃないでしょうか。奥田さん自身、岐阜での反応には困っている、とはっきり言いました。

受賞したからといって名士扱いされるのも困りますが、岐阜の人に関心を持っていただき、喜んでいただけることは本当にうれしい。（『岐阜新聞』二〇〇四年九月十四日「第１３１回直木賞受賞　岐阜

市出身の奥田英朗さんインタビュー」より　―聞き手：岐阜新聞生活文化部長・林進一）

『岐阜新聞』では「国内文芸賞を代表する芥川、直木賞」なる表現が使われたこともあります。「国内の文芸を代表する」と言わないあたりが、絶妙ですばらしい単語チョイスですが、「国内文芸賞」の代表って、いったい何がスゴいのか。よくわかりません。けっきょく、何が偉いかわからないけど、騒ぎ立てる。騒ぎがあるから、スゴいものだと思ってしまう。そのスパイラルが、直木賞のまわりでは渦巻いています。その現象のひとつが、名士扱いというわけです。

奥田さんは、そういうものには興味がない、とキッパリ断言します。岐阜新聞のインタビューでも語っていました。

――表現を目指す人たちに何かアドバイスは。

奥田　文章でも、音楽でも、芝居でも、自ら表現したい人は多分、日常に違和感を感じている。グループになじまない、同じことはしたくないと思っている。それはすばらしいことで、そうした思いこそ、大切にしたい。だが、その最初のスタートは、自分の頭で考えることです。付和雷同しないこと。それをしていけば、岐阜からもたくさんのクリエーターが出てくると思います。直木賞の作品だからではなく、自分の頭でいいか、悪いかを判断してほしいですね。（同）

「直木賞の作品だから」って飛びついたり、影響されたりするような行動を諫めています。そして、当の受賞者本人がいくら言っても、

「スゲェぜ、みんなの知っている直木賞だぞ、ヤッター！」

とわめき騒ぐ人たちの数は減ったりしません。

直木賞のかたわらには常に、「直木賞だから何だっていうんだ！」という（まっとうな）反骨心と、「直木賞をとった素晴らしい人！」という、盲目に近い祭り体質とが、ときにぶつかり合い、ときにまざり込んだりしています。始まった当初から、どちらも衰えることなく、えんえんと。この人間たちのダイナミズムが、文学賞としての直木賞の魅力でもあるんですよね。

……と、いったようなハナシを、奥田さんは、『直木賞受賞エッセイ集成』に寄せた新稿の最後でバシッとまとめてくれているのです、さすがとしか言いようがありません。

最後に文学賞について申し述べておくと、わたしは賞の権威をあまり信じてはいないし、あてにもしていない。音楽でも映画でも、自分の好みははっきりとしていて、ちゃんと自分の頭で判断する。賞を欲しいと思ったことは一度もない。ただ、世間は賞をありがたがるので、丸っきり無視するほどの仙人でもない。直木賞をいただいて、経済的に信じられないほど潤ったのも事実であるし、親孝行も出来た。（『直木賞受賞エッセイ集成』所収　奥田英朗「十年経って言うのもなんだが」より）

この本に、奥田さんの受賞「直後」エッセイだけが欠けていることの悲しさも、奥田さんがこの段落を書いておいてくれたことで、かなり癒えました。たぶん。

で、けっきょくどういう賞なの？

最初からよくわからない賞だったらしいです

——瀬沼茂樹について

文学賞研究っていうのは、ともかく日の目が当たりません。文学賞から放たれる「傍流感」、といいますか、まじめに文学に関わる人たちから軽蔑される感じは、もちろんいまに始まったことではなく、昔からずっとそうでした。

そんな不毛の領域、文学賞研究界に颯爽と登場した、まじめな文芸評論家が、瀬沼茂樹さんです。彼がいたことで、どれだけ後世の文学賞研究者が救われたことでしょう。少なくともワタクシは救われています。

しかも、です。瀬沼さんのエラいのは、「文学賞っていっても芥川賞とか純文学の賞にしか興味ないんだよね」みたいな（多くの評論家お得意の）ツレない態度をとらなかったところにあります。直木賞研究者からも尊敬のまなざしで仰がれつづけているゆえんでありましょう。

……ってことで、まずは文学賞研究界に衝撃を走らせた（？）瀬沼さんの代表作、「文学賞をめぐる諸問題」のなかから、直木賞に関する部分を紹介したいと思います。

これは『文学』誌上に一九六〇年二、三、五月号と三回にわたって分載、まもなく『現代文学の条件』（瀬沼茂樹著　一九六〇年十一月・河出書房新社刊）に収められたもので、全部で六つの章から成り立っています。それぞれに章題は付されていませんが、分載にあたって一号ずつサブタイトルが付けられており、一…総論、二…芥川賞・直木賞の成り立ち、三…芥川賞（戦前）、四…芥川賞（戦後）、五…直木賞（戦前）、六…直木賞（戦後）、という内容です。

芥川賞の話は、このさいどうでもよくて、注目したいのは直木賞のことです。瀬沼さんは、発足からしばらくの直木賞をこのようにとらえました。


戦前の直木賞は、その前半を、有耶無耶な、捕捉しがたい雰囲気につつんだまま、蔭の小波瀾を生んでいるようにみえる。銓衡方針といったようなものは、細くみると、ある変化はあるが、大体からいって、第一回から第九回ごろまでは、直木賞の揺籃期と呼んでよい模索的なものである。（「文学賞をめぐる諸問題（下）」より）

よくぞ言ったぜ瀬沼さん。はじめのころの直木賞は捕捉しがたいと。要するに、ウヤムヤで、筋の通っていないよくわからん賞だと、（たぶん）指摘しています。

まったく、そこにこそ直木賞史の精髄といいましょうか、直木賞の本質めいた顔がのぞいていると思うんですよね。「おれは文学の専門家だ、いやむしろ文壇の一員ですらあるのだ」というキモい自負で知ったかぶりをかざす（多くの評論家お得意の）技で逃げたりしないところが、ワタクシの瀬沼さんを敬愛する部分です。

戦後に関する論考も、一回一回をないがしろにせず、瀬沼史観をふんだんに散りばめながら書き進められています。

この二回（引用者注：第二十九回、第三十回）の授賞作ナシは、直木賞の銓衡を『講談クラブ』のような雑誌から、単行本や同人雑誌をさぐり、直木賞に新しい出直しをさせる発条になった。（同）

さすがは瀬沼さん、実証主義者ですもの、この一文を書く裏には、きっと候補作の初出をひとつひとつ調べたことだろう、と労苦がしのばれます。「何となくいま目の前にある直木賞のイメージ」だけを根拠に物を語ろうとしない姿勢が、ひしひし感じられるところです。

奥野健男さんによれば、瀬沼さんという人は、調査大好き人間だったそうで、

五年前出た「現代文学の条件」という評論集は、作家の経済生活とか、ベスト・セラーの歴史とか、現代作家筆禍帳とか、文学賞の歴史とか、文学現象の外縁を、具体的な資料や統計によって、根気よく調べたエッセイが集められている。ぼくはこの本を読んで、なにも瀬沼さんともあろう人が、こんなこまごましたことを調査して書かなくてもよいのにと、こういう仕事を瀬沼さんに押しつけるジャーナリズムにいささかの公憤を感じたことがあったが、それはぼくの思い違いらしく瀬沼さんはこういうことを詳しく調べることが芯から好きらしいのだ。古雑誌から虫眼鏡でたんねんに事実を掘り起すことに無限の情熱を持っている

らしい。（一九六七年七月・読売新聞社刊　奥野健男著『文壇博物誌――人と作品――』所収「瀬沼茂樹」より）

そんなことで公憤を感じる奥野さんこそ、どうかしていますよ。ワタクシは逆に、瀬沼さんが文学賞の歴史、とくに直木賞について調べ、公表してくれたことに、感謝の気持ちしか持てません。

みんなが馬鹿にして軽蔑している領域だからといって、自分も馬鹿にしたまま接するのではなく、とりあえず分け入ってみる。そんな人の行為に対して、公憤が沸き上がるほうがおかしいです。よね？

…

むろん瀬沼さんにとって、文学賞研究なんて余技の余技であって、メインとなる研究のほうで大忙し。一九六〇年の「文学賞をめぐる諸問題」一篇だけで、文学賞のことは十分、といったところだったでしょう。

しかし、ペンペン草も生えない荒廃した文学賞研究界が、瀬沼さんを放っておくわけがありません。一九七七年一月と六月、『国文学　解釈と鑑賞』の臨時増刊号として「芥川賞事典」と「直木賞事典」が出ました。ともに巻頭には十人前後の論者による小論文が載っているんですが、その両方に登場する人が六人います。長谷川泉、尾崎秀樹（ほつき）、村松定孝、巖谷大四、高野斗志美、それと瀬沼茂樹さんです。

とくに瀬沼さんは、両書の編集を務めた長谷川泉さんが巻頭で、好き勝手な直木賞観・芥川賞観をべらべら書いたあとに続き、ともに二番目に椅子を与えられる、という「文学賞研究の第一人者」枠。瀬沼色をしっかり濃厚に発しました。

「文学賞をめぐる諸問題」から十数年。直木賞について、瀬沼さん、こう言います。

私に与えられた課題は文壇・文学の変質が直木賞、一般的にいえば、大衆文学や中間文学にどんな影響を与えているか、また逆に直木賞の側から、すなわち大衆文学または中間文学が文壇や文学の姿をどのように変えているかについて管見を述べることにあるらしい。これは大問題で軽々に論じ難いし、最近の文壇・文学の有りようについていかに考えるか、根本問題にふれてくる。そしてこれはひとり直木賞だけのことがらでないことは課題そのもののうちに含まれている。（『直木賞事典』所収　瀬沼茂樹「文壇・文学の変質と「直木賞」」より）

はっきり言っちゃうと、「文壇・文学の変質と、直木賞って、そんなに関係あるの？　はっきりこうだと断言できるほどの関係、ないんじゃね？」という表明でしょうか。

賛成です。ワタクシも、そもそも大衆文学や中間小説の代表として、直木賞を語るのはふさわしくないんじゃないか、と日々思います。

しかしです。

「直木賞は大衆文学、大衆文学は直木賞」

と、かたくなに信ずる層は、けっこういるんですよ。直木賞＝大衆文学、芥川賞＝純文学、っていう構図に執着しておけば、難しいことを考えなくてよく、わかりやすいですしね。

おそらくは、そこに違和感を覚えたんじゃないのかな、瀬沼さんは。何の疑いもなしに、直木賞といえば大衆文学だろう、と連想して、得意げにおのれの大衆文学観（裏返しておのれの純文学観）を披歴しながら直木賞を語り出すような、トンチンカンははなはだしい文章を書いたりしない。そこが瀬沼さんのイイトコだよなあ。……って、ちょっと褒めすぎかもしれませんけど。

「文芸評論家」を名乗る方々って、基本、芥川賞のことに目は向けても、直木賞には興味薄です。だからよけいに、瀬沼さんみたいな評論家を見ると、嬉しくなってしまうのです。

2

八十ン年、よくめげずに続けてきました。

歴史

反響が薄くて菊池寛が嘆いた

一九三五年の発表報道について

えっ、ほとんどの新聞が記事にしたじゃん

二〇一四年一月は、直木賞第一五〇回記念だったこともあり、ちまたには直木賞・芥川賞の記事がわんさか出ました。嬉しいですね。なかには、両賞が制定された頃からお話を始めるものもありました。たまりませんね。

こういった機会に多くの人が好んで引用する、菊池寛さんの吐いた名ゼリフがあります。第一回終了直後のひと幕です。

芥川賞、直木賞の発表には、新聞社の各位も招待して、礼を厚うして公表したのであるが、一行も書いて呉れない新聞社があったのには、憤慨した。（『文藝春秋』一九三五年十月号「話の屑籠」より）

これがどうも気になって仕方ありません。

何が気になるのか、と言いますと、アレです。……どうだい坊や、始まった頃は菊池さんが憤慨したほどに注目度も低かった、でも、いまじゃマスコミが大挙して記者会見に詰めかけて

いるんだよ、時代は変わったね。……みたいな流れで使われることが多いからです。多すぎなくらいです。

時代が変わったことは、誰にだってわかるからいいんですが、第一回のときはことさら注目度が低かった、みたいに言われると、どうも違和感があるんですよ。だって、直木賞ならいざ知らず芥川賞は、新しくできた当初から相当に注目されて、マスコミからも手厚く迎え入れられたじゃないですか。破格すぎるほどに。

と、これはワタクシひとりの妄想じゃありません。たとえば山本芳明さんも『カネと文学　日本近代文学の経済史』（二〇一三年三月・新潮社／新潮選書）のなかで「この（引用者注：菊池寛の）コメントは事実とやや異なっている」と指摘したうえで、「新聞各紙は大変好意的に芥川賞・直木賞を扱っていたのである」と言っています。

原卓史さんもお仲間です。一行も書いてくれなかったとか怒っているけど、それって、ただ一紙『東京朝日新聞』のせいにすぎないんですよ、と解説しました。

菊池は名指しによる批判を行っていないが、この時記事を掲載しなかったのは『東京朝日新聞』であった。掲載不掲載の優先順位が低かったとも、文藝春秋社一社の賞とみなし重要視していなかったとも考えられるが、いかなる理由によって『東京朝日新聞』が芥川賞報道をしなかったのか詳らかではない。（二〇〇四年十月、改訂版二〇〇五年十二月・近代文学合同研究会刊『近代文学合同研究会論集第一号　新人賞・可視化される〈作家権〉』所収　原卓史「芥川賞の反響――石川達三「蒼氓」の周辺――」より）

原さんは「今日のように社会現象を巻き起こすようなメディア・イヴェントではなかった」と言いながら、しかし「第一回芥川賞は多くのメディアに取り上げられ話題を集めた」ことを認めています。

第一回に数多くのメディアから注目され、数々の紙面に載ったことを、まず事実として把握する。これって重要じゃないでしょうか。少なくとも、「創設当時は、直木賞も芥川賞も大した話題を呼ばなかった」なんちゅう、短絡的な言説（思い込みともいう）は成り立たなくなるんですから。

ええ、これは自戒でもあります。ワタクシも、調べる前までは勘違いしちゃっていました。菊池さんの言葉を過信し、「第一回はあまり新聞で報道されなかった」のかと思っていたのです。でも、実際はちがいます。

以下、当時、東京市内でよく売れていた代表的な新聞七つの、一九三五年八月十一日（発表の翌日）朝刊での扱われぶりをざーっと紹介します。ちなみにこの日は日曜日。

順番は、発行部数の少ない新聞からいきます。部数は、内務省警保局刊『出版警察報』一九三四年一月の「警視庁管下に於て発行する主要日刊新聞紙発行状況」を参考にしました（紙名の左に、＝で記してあります）。

■『國民新聞』朝刊七面（全八面中）※社会面

＝朝刊十一万部＋夕刊十一万部：計二十二万部
【見出し】一段三行取り
芥川、直木賞
入選者決る
【本文】全十四行
文藝春秋社の芥川、直木賞は十日午後四時半より詮衡委員の佐藤春夫、菊池寛、室生犀星、瀧井孝作、小島政二郎、吉川英治、久米正雄、大佛次郎、川端康成、佐々木（原文ママ）茂索、三上於菟吉等の諸氏が柳橋柳光亭に参集、午後六時半左の如く決定発表された
△芥川龍之介賞　正賞記念時計　副賞五百円「蒼氓」淀橋区戸塚三の三三六横山方、石川達三
△直木三十五賞　正賞記念時計　副賞五百円、麻布区笄町一五五川口松太郎
■『都新聞』朝刊十二面（全十四面中）※社会面
＝朝刊十三万部＋夕刊十四万部：計二十七万部
【見出し】一段五行取り
芥川・直木賞
決定
川口、石川両氏
【本文】全四十三行

問題の文藝懇話会の文藝賞と共に、今年一月発表以来多大の興味を以て観られてゐた第一回の芥川賞並に直木賞が、六月七日以来四回の審査会を経て十日最後の決定を見、同夜柳橋柳光亭で左の通り発表された

芥川賞　石川達三

「蒼氓」その他

直木賞　川口松太郎

「風流深川唄」その他

かくて正賞時計と副賞五百円が両氏に授与される事になつた

石川氏は（引用者中略：石川の略歴など）全く無名の新人

川口氏は言ふまでもなく大衆物に新しい特色のある作家として既に定評のある人、今春の文藝春秋オール讀物号に発表した「風流深川唄」がその代表作と認められたものである

右に就て審査員の菊池寛氏語る

芥川賞は瀧井孝作氏、直木賞は三上於菟吉氏が主となつて審査したが芥川賞が石川氏だとは意外だつたらう、「蒼氓」は神戸の移民収容所を描いたもので社会小説として体をなして居り、キメが荒く素材の点から芥川の作と違ふものがあるが、新進として申分ない

川口氏の方は、実は大衆文藝の性質から云つて数多くの作品を発表した者から求めねばならないが、適当と認める者がなく随分迷つた、結局他にゐないので満場一致で消極的な決定を見たわけだ

■『中外商業新報』朝刊市内版十一面（全十二面中）※社会面
＝朝刊十八万部＋夕刊十八万二千部：計三十六万二千部
【見出し】三段十二行取り
無名の作家が
芥川賞獲得の誉れ
直木賞は川口松太郎君に
第一回入選者発表
【本文】全五十一行
文壇注目の対象になつてゐた文藝春秋社の芥川、直木賞は十日午後四時半より銓衡委員の佐藤春夫、菊池寛、室生犀星、瀧井孝作、小島政二郎、吉川英治、久米正雄、大佛次郎、川端康成、佐々木（原文ママ）茂索、三上於菟吉等（谷崎潤一郎、横光利一、白井喬二の三氏欠席）諸氏が柳橋柳光亭に参集
最後の（引用者注：原文倍角）銓衡をなした結果午後六時半左の如く決定発表された
△芥川龍之介賞
正賞記念時計　副賞五百円
「蒼氓」　石川達三
△直木三十五賞

同上　同上

川口松太郎

芥川賞は瀧井孝作氏を主査として（引用者中略：簡単な選考経緯、候補者・候補作名など）石川氏は全く無名の新人で多読家として知られてゐる横光利一氏、川端康成氏等さへその存在を知らなかつた作家、（引用者中略）社会小説としての要素も備へやゝ雑駁で渾然性には欠けてゐるが他の候補者（引用者注：原文倍角）に比べて優れたものと認められたものである。石川氏は（引用者中略：石川の略歴など）直木賞は三上於菟吉氏を主査として銓衡したが大衆文学の性質として同人雑誌の様なものもなく、無名の新人を求め得ず結局川口松太郎氏に落着いたもので、川口氏の大衆文学においてザンギリ物に新生面を開いた点が買はれたのである

■『時事新報』朝刊十一面（全十二面中）※社会面

＝朝刊二十二万部＋夕刊二十二万五千部：計四十四万五千部

【見出し】一段二行取り

芥川・直木賞

【本文】全二十二行

文壇の有力な登龍門の一つである芥川賞、直木賞の第一回当選者は左の如く決定、十日発表された

芥川賞　正賞　金時計
　　　　副賞　五百円
淀橋区戸塚町三の三三六　横山方
　石川達三（三一）
石川氏は（引用者中略：石川の略歴など）同人雑誌「星座」四月創刊号所載「蒼泯（原文ママ）」がお眼鏡に適つたもの
　直木賞　賞　同
　麻布区笄町一五五
川口松太郎（三七）
三上於菟吉氏が主査となり「オール讀物」四月号所載「風流深川小唄（原文ママ）」の如き明治時代を背景とした半世話物に新生面を拓いた点で新人とは言へぬかも知れぬが川口氏に白羽の矢が立つたもの

■『讀賣新聞』朝刊七面（全十二面中）※社会面
＝朝刊四十五万部＋夕刊四十五万部：計九十万部
【見出し】二段九行取り
最初の〝芥川賞〟
無名作家へ

「蒼氓」の石川氏
直木賞は川口氏
【本文】全五十行
文壇注目の対象になつてゐた文藝春秋社の芥川、直木賞は十日午後四時半より銓衡委員の佐藤春夫、菊池寛、瀧井孝作、小島政二郎、吉川英治、久米正雄、大佛次郎、川端康成、佐々木（原文ママ）茂索、三上於菟吉氏等が柳橋柳光亭に参集最後の銓衡をなした結果午後六時半左の如く決定発表された
△芥川龍之介賞
　正賞記念時計　副賞五百円
　「蒼氓」　石川達三
（淀橋区戸塚三ノ三三六横山方）
△直木三十五賞
同上　同上　川口松太郎
（麻布区笄町一五五）
▽…△
芥川賞は瀧井孝作氏を主査として、（引用者中略：簡単な選考経緯、候補者・候補作名など）石川氏は全く無名の新人であるが（引用者中略：石川の略歴など）
▽…△

直木賞は三上於菟吉氏を主査として銓衡したが大衆文学の性質として無名の新人を求め得ず、結局川口松太郎氏に落着いたもので、川口氏の大衆文学においてザンギリ物に新生面を開いた点が買はれたものである、なほその他候補には濱本浩、角田喜久雄、海音寺潮五郎氏等が挙げられた

■『報知新聞』朝刊十一面（全十二面中）※社会面
＝朝刊四十七万部＋夕刊四十八万部：計九十五万部

【見出し】二段七行取り
直木賞芥川賞の
受賞者決る
川口（松太郎）石川（達三）両氏
【顔写真】川口・石川両氏
【本文】全三十四行

無名、新人作家の翹望の的たる直木賞、芥川賞の第一回受賞者については十日午後六時柳橋柳光亭に詮衡委員

菊池寛、久米正雄、三上於菟吉、山本有三、佐藤春夫、吉川英治、川端康成、室生犀星、大佛次郎、小島政二郎、佐々木（原文ママ）茂索、瀧井孝作の諸氏会同

協議の結果、昭和十年上半期の直木賞は『風流深川唄』の作者川口松太郎氏（三七）に、芥

川賞は『蒼氓』の作者石川達三氏（三一）と決定、それぐ〵金時計と賞金五百円を贈ることになつた、なほ授賞式は十月二十八日に行はれる

石川氏は全くの無名の新人、（引用者中略：石川の略歴など）川口松太郎氏は麻布区笄町一五五に現住本紙連載小説『恋愛三十年』の作者、戯曲、小説、大衆文藝と往く處可ならざるなしの才人で、今回の賞はザンギリ物に新生面を開いた点が買はれたものである（写真上＝川口氏、下＝石川氏）

■『東京朝日新聞』朝刊（全十四面）、夕刊（全四面）

＝朝刊八十四万部＋夕刊八十五万部：計百六十九万部

発表記事なし

■『東京日日新聞』朝刊九面（全十面中）※社会面

＝朝刊八十五万部＋夕刊八十六万部：計百七十一万部

【見出し】一段三行取り

芥川、直木賞

受賞者決る

【本文】全二十行

文藝春秋社ではかねて新進作家の登龍門として「芥川賞」「直木賞」の制度を設け純文学、大衆文学方面の新人を推奨することになつてゐたが十日午後六時、審査員菊池寛、久米正雄、佐々

木（原文ママ）茂索、瀧井孝作、三上於菟吉、小島政次郎（原文ママ）の六氏その他協議の結果第一回の受賞者を左の如く決定した

【芥川賞】石川達三

【直木賞】川口松太郎

石川達三氏は（引用者中略：石川の略歴など）、川口松太郎氏は明治卅二年十月浅草今戸に生れ故小山内薫氏、久保田万太郎氏に師事、後に直木三十五氏によつて啓発されたことが多い映画演劇の方面でも華々しい活躍をしてゐる

以上。長々とすみません。ほぼすべての新聞が、たかが一出版社主催の文学賞の決定を、社会面の貴重なスペースを割いて紹介しています。……かなりの盛観のように見えます。

それから一週間ちょっとで、選評・経緯を載せた『文藝春秋』九月号（八月十九日ごろ発売）が売り出されるんですが、それを待ちきれなかった新聞すらありました。

十一日に記事をのせなかった『東京朝日新聞』は、十三日には、朝日専属ライターとも目されていた評論家、杉山平助さんによる「芥川賞は成功」を掲載。ここで『星座』の矢崎弾さんが裏で暗躍し各方面に「蒼氓」を売り込んだらしいんだぜ、みたいに書いちゃったもんだから、この記事を読んだ人から矢崎さんのもとに脅迫状めいたものが届き、スッタモンダの展開に。さらに文春が発売されると、各紙の文芸・学芸欄で、石川達三さんの作品や芥川賞について、感想や評論がさまざまに並びます。

……要するにこのころ、新聞紙上にかなりの量で「芥川賞」の文字が躍り、ずいぶんと知れ渡ったってわけです。

「どこも」書いてくれなかったのなら、菊池さんが憤慨するのもわかりますよ。でも主要な新聞はみんな取り上げてくれている。冷静に考えれば、どういう賞になるか、いつまで続くか、誰もわからないのに、ここまで豊かに数多く話題にされてて、ちょっと注目されすぎじゃないか、って感じさえします。

菊池さんにしてみれば、『國民』や『都』あたりの二流紙（……って失礼）が無視した程度ならいいけど、トップ二の一角である『東京朝日』に出なかった。それでムッとした。ってことなんじゃないでしょうか。これを根拠に「当時の芥川賞には、話題性がなかったのだ！」と言い張るのは、かなりの無理スジです。

・・・

川口松太郎さんは受賞したとき、すでに作家として知られていました。「新人作家発掘！」の衝撃はほぼゼロです。加えて、文芸（純文芸）のことに関心をもち、そのテーマを語れる文筆業者に比べて、大衆文芸に関する人材は貧困を極めていた。ということもあって、石川達三&芥川賞とは大きく隔たり、直木賞に関しては正真正銘、ほぼ誰も批評・評論してくれませんでした。

その状況が、川口さんの記憶に残っていたとしてもおかしくありません。だからなのか、川口さんも、例の菊池寛の名ゼリフよろしく、「新聞には出なかった」みたいなことを言い出す有り様です。

松本（引用者注：清張）それ（引用者注：受賞対象となったうちの一篇「鶴八鶴次郎」）が第一回の直木賞うけられたわけですね。そうとう忙しくなったでしょう。
川口　ああ。でもね、直木賞だからドウだってんじゃないんだよ。新聞に出るワケではなしさ。（引用者中略）受賞したからって、とくべつね……。（『オール讀物』一九七二年十月号　川口松太郎、松本清張「番外読ませる話　私の女人遍歴他」より）

さすが受賞前から原稿の注文がたくさんあった人は、余裕が違いますね。「そうとう忙しくなったでしょう」の問いに、「ああ」と返して澄ましている。翌日の新聞なんて、見もしなかったんでしょう。

いっぽう、芥川賞の石川達三さんはどうだったか。といえばこちらの回想は、川口さんとはかなり趣きが違います。

当選発表が何月何日であったか、私はよく覚えていない。遊びに行っていた先に中村梧一郎から連絡があって、すぐ帰れということだった、帰って見ると下宿のおばさんが疳高い調子で新聞記者が三人も来て、私の部屋へあがり込んで、机の抽出から私の写真を持って行ってしまったと訴えるのだった。
その晩は矢崎（引用者注：矢崎弾）、秋葉（引用者注：秋葉和夫）、中村、八木（引用者注：八木久雄）などという仲間数人で、新宿へ出ておそくまで酒を飲んだ。（引用者中略）翌朝はやく高田馬場の駅へ行って、五種類ぐらいの新聞を買ってきた。どの新聞にも私のことが出ている。（一九六八年十二月・文藝春秋刊　石川達三著『心に残る人々』所収「出世作のころ」より）

むろん、この回想が真実かはわかりません。たとえば、文中に登場する矢崎弾さんによれば、発表のあった日の夜は、石川さんが文藝春秋社の記者を連れて矢崎宅にやってきたことになっており、夜遅くまで『東京日日』の記者などに囲まれ、お祝いの言葉が述べられた、なんてことがあったそうです（一九三七年四月・昭森社刊『過渡期文藝の断層』所収「石川達三と僕との記憶」）。

……ただ、石川さんにせよ矢崎さんにせよ、受賞風景のなかに「新聞報道」の存在をはっきり示しています。そこに注目したいです。

それまで無名だった人が突然、陽の目を浴びる芥川賞。受けた当事者や周辺の人たちから見れば、すでに第一回のときから、明らかに芥川賞の権威に群がりそれを形成する記者たち、の姿がありました。大御所きどりでよその会社の報道方針にまでケチをつけるキクチナニガシや、仕事に恋に大忙しだったカワグチナンタラとは、全然感覚が違いますよね。

芥川賞は第一回から、多くの新聞記者たちから熱い視線を浴びていました。いっぽう直木賞は、芥川賞といっしょに報道はされたものの批評対象として見る人はなく、最初っから芥川賞とは、まったく違う道を歩まされました。

この二つの賞を一緒のものとして語ることはすごく便利です。便利なんですけど、その不親切さ、というか不正確さに、そろそろ気づいたほうがいいのじゃないかなあと思います。

直木賞の選考はおかしい！
と、関係ない人たちがなぜか話題にしたがる
――『大波小波　匿名批評にみる昭和文学史』について

『東京新聞』の匿名コラム「大波小波」は、別名「日ごろ文芸評論家を名乗っている人たちが小遣いを稼いだり、ウップンを晴らしたりする場」と言われているらしいです。その意味では、直木賞あたりは、正面からぶち当たるほどの価値はないけど、賞名は広く知られているので話題にしやすい、恰好の文壇現象なわけですね。

さすがにワタクシも、すべての掲載分をひもとく熱意（狂気）はないんですが、全四巻にまとめられた『大波小波　匿名批評にみる昭和文学史』（一九七九年三月～九月・東京新聞出版局刊）という、はたから文学周辺の動向を見てニヤニヤするのが好きな外道（ワタクシのことです）のためにつくられたような、有難い本があります。

第一巻の最初が一九三三年分から。第四巻の最後が一九六四年分まで。他の話題は知りませんけど、直木賞に触れた部分を読むだけで、「大波小波」って長くやっていて意味あったよね、と思えてしまう重要な直木賞関連文献になっています。

何といっても楽しいのは、みんなに愛されるキュートな芥川賞は、もう毎年のように触れら

れ、この『大波小波』本を芥川賞研究書のひとつと考えて何の遜色もない勢いなのに、直木賞のほうは、だいぶ様子が違うところでしょう。文芸評論家から見た直木賞、つまりは芥川賞偏重がすさまじくて、直木賞の実態を置き去りにする、思い込みとイメージ論に終始した記事がずらっと並んでいます。

たとえば、第一巻（一九三三年～一九四二年）です。時代も時代ですから、大衆文芸界隈のことをまともに論じようとする姿勢が見られないのは自然なんでしょうけど、そのなかに「芥川・直木賞——戒しめて置きたい事」と見出しの付いたものがあります。「焼餅焼」の署名が付いています。

はっきり言います。「芥川・直木賞」……この見出し、大ウソなんです。

□……芥川・直木賞の時期になつたので一言する。芥川賞受賞作品がその作家の傑作なりといふ風に言つてゐる人があるが意外である。

□……芥川賞の中に文壇の水準を抜いた作品は一つもないではないか。（引用者中略）

□……芥川賞だからと言つてちやほやすることは今後やめた方がいいし、一気に中堅作家になつたやうな態度になるのもどうかと思ふ。世間的に多少知名になつたからといつて、それで傑作が書ける訳はない。（引用者中略）

□……芥川賞作家が功労賞的な人は別として、今後何年かの間に評判作を書かなかつたら本賞・副賞を返還させることにしたらいい。また慢心していい気持になるやうであつたら芥川賞は一時中止したらいい。その方が日本文化の水準を上げるためにも望ましいことである。

（一九三九年一月二十二日付「大波小波　芥川・直木賞――戒しめて置きたい事」より　―引用原文は『大波小波　匿名批評にみる昭和文学史　第一巻』）

「焼餅焼」さんが言いたいことはわかります。というか、現在のいまだって、そこらの誰かが鼻くそほじくりながら言っていそうな、超初級編のカンタン芥川賞批判です。

それはいいんですけど、右記引用、中略した部分も含めて「直木賞」の文字が出てくるのは、見出しと最初の一文だけなんですよ、あなた。ヒドいにもほどがありませんか。「戒しめて置きたい」などとイバっている割に、直木賞のことは一〇〇％スルー。はい、また悲しくなっちゃう場面に遭遇しましたね、ご同輩。

こういう「芥川賞のことに口を挟みたい」人たちっつうのは、戦前から戦後を通して、じつにたくさんおりまして、しかもそういう連中のなかには、とくに文章のなかに「直木賞」の文字を付け加えたがったりするタチの悪いヤカラもおります。読むほうは、基本、文学賞になど関心のない人が大多数なので、ああ直木賞も芥川賞と同じようなものなのね、と受け取ってしまう。直木賞の虚像化がどんどん進むばかり、って寸法です。

しかし、どこの世界にも変人っていうのは存在するらしく、変わり者の多そうな「大波小波」執筆陣のなかでも、ひときわ異彩を放った人がいます。「小原壮助」と名乗る書き手です。戦後まもなくの、無風状態にあった直木賞に、爽やかな（いや、脂ぎった）風を送り込んでくれました。変人を突き抜けて、ワタクシの目には、もはや偉人です。

この人は、第二十三回で小山いと子さんの「執行猶予」が受賞したさいに、純文学のつもりで書かれた小説に直木賞かよ？　ぼくらの常識では首をかしげちゃうよねぬはははと書いて選考委員の獅子文六さんにキレられた、というなかなかの直木賞愛好者ぶりを発揮した人ですが、ひとつ前の第二十二回でも、直木賞を取り上げて、この賞の一側面をしっかり解説してくれました。


……戦後第二回の直木賞は山田克郎が獲得したが、第一回の富田常雄とは作家としてのハバが違い、常識からいつても同じハカリでは計れないばかりか、直木賞というマスの大きさが判らなくなつた感がなくもない。（引用者中略）直木賞の在り方に対する選考委員間の意見不一致は賞そのものをもアイマイにする恐れがある。むしろ直木賞の性格は新人賞とはつきり規定した方がよい。（一九五〇年六月三日付「大波小波　アイマイな直木賞の性格」より　―引用原文は『大波小波　匿名批評にみる昭和文学史　第二巻』）

直木賞の基準はアイマイだ、と指摘しています。そのとおりだと思います。

ただ、それを否定的にとらえているような筆致には、同意できません。何を言ってるんですか小原壮助さん。直木賞に統一したまとまりを求めたって無駄でしょ？　戦前から、あっちに傾いたりこっちに倒れたりのフラフラとした定見なき選考をしつづけてきた直木賞が、直木賞ごときが、統一した意思で何かやったところで、世間に（もちろん「文学」なるものにも）何の益をもたらすというんですか。現に、大した益もたらしていないじゃないですか。この当時はとくに。

だらだらと馬鹿みたいなことやりつづける。それでいいんです。正直、それだけでいいです。狙いも目的も結果も、くるくる変わる、てんでバラバラな直木賞の姿を見て、（ワタクシを含めて）みんながああだこうだと言う。その騒がしい様子や言説を見て、また（ワタクシを含めて）みんなが思い思いにテキトーなことを言う。でもけっきょく、まわりが期待するほどには、直木賞の核には何もなく中味カラッポ。みたいな状況こそが、直木賞の最高最大の面白さでしょう。この面白ささえ長々と続いてくれれば、あとのことなど、些末な話です。

「大波小波」をまとめた四巻本は、編者である小田切進さんが記事を選んだ、小田切イズムあふれる（?）傑作選です。本来は直木賞について、もっと真面目で、きちんとした記事が掲載されていたのかもしれません。『都新聞』時代から『東京新聞』現在までの、全部の「大波小波」を読み通して、だれか直木賞関連に特化した「大波小波」選集（芥川賞とセットでも可）、編んでくれないかなあ。よろしくお願いします。

昔は直木賞をとっても注文ひとつ来なかった
その回想って、どこまでほんと？
――有馬頼義について

以前から困っていたのです。いまも困っています。直木賞というのは、出版業界の人たちに、態よく酒のサカナにされつづけてきたせいか、やたらと神格化されるし、逆にやたらと批判もされる。そして、ひとりひとりの抱く印象には、だいたい尾ひれはひれが付きますので、どこまで信用していいのか疑わしい回想が、そこらじゅうに転がっているのです。

疑わしい人のひとり、として紹介するのもナンなんですが、有馬頼義さんもそうです。第三十一回（一九五四年・上半期）の受賞者です。

有馬さんは、さまざまなところで直木賞を語ってくれています。なかでも、いちばん有名な証言といえば、これでしょう。

「おれがとったときの直木賞なんか、受賞しても騒がれることなく、長い間、注文がこなくて苦労した」。

たとえば、受賞して十五年後のころには、こう回想しました。

昔は、芥川賞とか直木賞の受賞者が、一夜にして流行作家になる、ということはなかったから、ほしいとも、あまり思わなかったし、もらえそうだとも思っていなかった。一二期前に、松本（引用者注：松本清張）・五味（引用者注：五味康祐）両氏が芥川賞を受けていたが、小説の注文は全くなかった。それを知っていたから、なまじ文学賞なんか、あてにしてはいなかったのだ。

（『風景』一九六九年九月号　有馬頼義「隣の椅子　直木賞のころ」より）

有馬さんの記憶にケチをつけるつもりはありません。昭和二十年代の直木賞について、いろいろと書き残してくれている稀有な存在として、有馬さんの文章はほんとうに参考になります。だけど、彼の言葉に惑わされて正確な直木賞像が伝えられないのでは、直木賞がかわいそうです。

この随筆には、どうしたって違和感があるんですよ。それ正しいのか？っていう述懐がまぎれ込んでいるからです。

（引用者注：直木賞を受賞してから）小説の注文は、約一年間途絶えてしまった。（引用者中略）当時は娯楽的な倶楽部雑誌がかなり多く、そういうところなら、いくらでも書かせてもらえたが、僕は文学振興会と文芸春秋に対して義理を立てた。受賞第一作が、文芸春秋系の雑誌にのるまでは、ほかの雑誌にかかないと決心した。そして一年後、とうとう、オール読物と、別冊文芸春秋から話があった。それが僕のスタートであった。

昨今では、どの雑誌も、候補にあがった人達に小説をかかせ、受賞した直後に、受賞第一作といって、どんどん小説を書かせている。（引用者中略）しかし、僕は古い。それに多作は出来ないから、文芸春秋社以外の雑誌には、当分書かなかった。そのために、あいつは生意気だ、という評判が立った。しかし、今日でも僕は、その頃の信念はまげていない。（同）

注目したいのは、倶楽部雑誌ならいくらでも書かせてくれた、という記述です。

有馬さんは「注文が途絶えた」と言っているんですが、でも真実どこからも注文がなかったわけじゃないですよね？　単に、純文芸誌や大手の中間小説誌から注文がなかっただけじゃないんですか？

何といっても、純文芸以外、読み物や推理小説やそういったものを見下す発言を連発していた、アノ有馬さんです。名もない汚れ雑誌にいくら書いても、そんなもん筆歴に含まれない、と信じていたっておかしくありません。

有馬さんの一流誌志向が如実に表された文章があります。直木賞受賞一年半後に書かれたものです。

（引用者注：自分は）直木賞をもらう前の年頃には、安く、且つあまり権威のないマーケットを持っていたし、小説以外の雑文で、最低の生活は出来るようになっていた。（引用者中略）心にそわない種類の小説を書かされていたので、ほんとのものを同人雑誌に書きつづけていたのだ。こう書いて来ると、やはり芥川賞が一番重かつたと言うことが出来るかも知れない。しかし目標は、賞そのものよりも、小説を書く場所がほしかつたのだ。出来れば、一流の文芸雑誌と新聞。僕は下駄をすりへらして各誌の編集部へ原稿を持ち込んでは、返されしていたから、自然にそつちの方へ目が向いていたのかも知れない。（一九五六年十二月・大日本雄弁会講談社刊『直木賞作品集（4）』有馬頼義「あとがき」より）

見よ。この美しいまでの権威主義。すがすがしいですね。カストリ雑誌や倶楽部雑誌をひっくるめて「権威のないマーケット」。自分の望んでいたのは「一流の文芸雑誌と新聞」でめしを喰うことだった、と明言しています。

直木賞は、昭和二十年代だって一応、権威がありました。いや、「権威がある」と感じている人はいました。有馬さんにしてみれば、権威のある直木賞をとったのに、すぐに権威のある雑誌からお呼びがかからなかった、みたいな印象を受けたのかもしれません。強烈に。すごく強烈に。

じっさい、一九七六年に書いた自筆年譜になりますと、六九年の表現から、さらに進行していまして、もはや有馬さんの頭のなかに残った「受賞直後の苦しみ」は、どえらい領域に達してしまっています。

一九五五（昭和三〇）　三七歳。直木賞を受賞はしたものの、その後全く何処からも原稿の依頼はなく、苦しんだ。聞くところによると、柴田練(ママ)三郎も、松本清張も、同じように注文がなくて苦しんだそうだ。(引用者中略)受賞者が、次にどんなものを書くかということを、編集者は、じっと見まもっているような状態であった。つぶれる者なら、その間につぶれる、という無言の期待と試練の時期であった。それからもう一つ、がまんが出来なくて、つまらない娯楽雑誌に書くと、あいつは駄目だということになった。じっと辛棒(ママ)しなければならなかった。だから私の場合、受賞しても「文学生活」をやめずに、「文学生活」に作品を発表しつづけた。

一九五六(昭和三一)三八歳。一年待って、やっと「オール讀物」から小説の注文があった。続いて「別冊文芸春秋」からも来た。その意味で「オール讀物」に書いた「少女の眼」と「別冊文春」に書いた「現行犯」は忘れがたい。地方紙だが、初めて新聞連載の仕事も来た。(一九七六年八月・旺文社/旺文社文庫『背後の人』所収「自筆年譜」より)

少し補足しますと、有馬さんがお金を捻出して、自費出版で『終身未決囚』を出版したのが一九五四年五月。直木賞の受賞がその年の七月です。

本人によれば、そこから一年間辛抱して苦しんだことになっています。作品名を挙げて「忘れがたい」とまで言っています。

……ここで困ってしまうのです。「忘れがたい」と言って紹介しているその記述が、なにしろ間違っているのですから。

一九五四年から五六年。有馬さんの記憶に頼らず、この期間の有馬頼義作品目録を書きますと、次のようになります。

⋮

一九五四年
四月 『文学生活』十三号（四月）「成仏」
五月 作品社刊（自費出版）『終身未決囚』
七月 第三十一回直木賞受賞
七月 『政界往来』七月号「赤毛と兄の死」
十月 『オール讀物』十月号「月光」（『終身未決囚』からの再録）
十一月 『文学生活』十四号（十一月）「眠られぬ夜」
十一月 『地上』十一月号「黒い花束」
十二月 『別册文藝春秋』四十三号（十二月）「現行犯」
十二月 『面白倶楽部』十二月号「青函連絡船」

一九五五年

一月　『オール讀物』一月号「わが心石にあらず」
五月　『面白倶楽部』五月号「ある教祖の死」
五月　『キング』薫風増刊号（五月）「結核病院」
六月　『文学生活』十六号（六月）「絶望の日記」
六月　『別冊文藝春秋』四十六号（六月）「裁かれる人々」
八月　『キング』八月号「最後のホームラン」
八月　河出書房／河出新書『皇女と乳牛』
九月　『オール讀物』九月号「少女の眼」
十月　『文藝』十月号「古い時計の話」
十月　『別冊文藝春秋』四十八号（十月）「征服の報酬」
十月　作品社刊『姦淫の子』
十月　鱒書房／コバルト新書『少女娼婦』
十一月　『キング』十一月号「秋つゆ」
十一月　『小説と読物』十一月号「十年目の月」
十一月　『名古屋タイムズ』等地方紙十社「やどかりの詩」（〜一九五六年六月まで連載）
十二月　『小説春秋』十二月創刊号「冬の海」

一八五六年

二月　『別冊キング』（二月）「青春の呼び声」
三月　『新潮』三月号「臨月」
三月　『オール讀物』三月号「ロマンスグレイ末期」
三月　『小説公園』三月号「毒薬と宰相」
三月　『新女苑』三月号「六人の飼主と六匹の犬」
四月　『文藝』四月号「顔」
五月　『別冊キング』（五月）「女の歳月」
五月　大日本雄弁会講談社刊『毒薬と宰相』
六月　『小説春秋』六月号「空白の青春」
七月　『政界往来』七月号「老人と犬」
七月　鱒書房刊『やどかりの詩』
八月　『オール讀物』八月号「不在の英雄」
八月　『別冊文藝春秋』五十三号（八月）「病める白球」
八月　『小説公園』八月号「盗む」
八月　『オール小説』八月号「彼の立場」
九月　『文藝』九月号「赤い夜」
九月　『キング』九月号「芸者の倫理」
九月　『小説春秋』九月号「狐とキリスト」

十月　作品社刊『空白の青春』
十一月『小説倶楽部』十一月号「赤い空と黒い仲間」
十一月『小説春秋』十一月号「町内の人」
十二月『オール讀物』十二月号「三十六人の乗客」

って、たぶん、これでも全部じゃありません。

受賞から一年、注文がなくて苦しんだあ？　文春の雑誌から注文がくるまで一年かかったあ？　それまでは文春系以外には小説を発表しないと心に決めたあ？

……いったい、どの口でそんな大ボラをふけるんだ、って感じですよね。

忘れがたいはずの『別冊文藝春秋』の「現行犯」とか、受賞から半年もしないうちに、堂々と載っているし。「受賞第一作」とは銘打たれていないものの、受賞後二～三か月で早くも倶楽部雑誌のひとつ『面白倶楽部』に小説を発表しているんですよ、有馬さんは。

ぽつぽつ小説を発表できているんだから、そう書けばいいのに。

……でも書かなかった。「一年間、おれは苦しんだ」と筆が動いてしまった。直木賞をとるまで、原稿を持ち込んでは採用されない日々が続き、意に添わない小説ばかり書いてきたことが、よっぽど苦かったんでしょうか。受賞したらすぐにでも一流雑誌からぞくぞく依頼が舞い込む、と期待していたんでしょうか。

もっと推測すれば、「そうだ、あのころは受賞したって注文なんか全然なかったのだ」と、同じような証言をしてくれる仲間の存在も大きかったと思います。松本清張さんとか柴田錬三郎さんですね。そして追い打ちをかけたのが、一九五六年一月に、石原慎太郎さんが芥川賞を受賞して以降の、マスコミ挙げての大騒ぎ。それを目撃、体験してしまったことが決定打になったのかもしれません。

コノヤロ、おれのころは恵まれてなかったんだぞ。清張もシバレンも、注文はほとんどなかったと言っているじゃないか。……なあんて感じで、鬱屈したまま記憶がねじ曲げられ、思い込みが深くなっていくうち、有馬さんにとっての〈真実〉になっていったんじゃないかと。そう想像します。

有馬さんの場合、エッセイにしろ年譜にしろ、小説みたいにデフォルメして書かれているらしく、そのまま受け取ると足元をすくわれる典型例かもしれません。本人が書いているんだから事実だろうと信用したくなる、ワタクシみたいな人間は、ほんと困ってしまいます。

・・

まあ、有馬さんといえば何といっても薬の常用者です。直木賞を受賞したころだって、薬を飲みに飲みつづけていたようですし、この方の記憶を信用しろというほうが間違いなんでしょう。

当時のことを色川武大さんが書き残してくれています。色川さんは倶楽部雑誌の編集者として、有馬さんに小説を注文した経験をもつ一人です。

有馬家の中では、ただの若殿でなく、新進作家という立場を得たのだった。なによりそれが気持をなごめたろう。けれどもその一方で、気楽になることがますますできず、薬が異常に増えた。直木賞受賞後二三年のあたりで、すでに、薬のための言語障害や歩行不全におちいった夜がある。そのたび病院にかつぎこまれ、睡眠療法などで軽度の中毒段階まで戻し、数ヶ月かかっていささかの生色をとりもどす。しかし、徐々にまた薬の量が増えていって元の木阿弥になる。（引用者中略）

直木賞受賞の翌年だったかと思うが、当時小雑誌の編集部に居た私が、小説を依頼した。期日になって、書いては見たが、駄目だ、発表できない、という返事が来た。（引用者中略）

翌日、夫人から電話で、昨日から戻らない、という。夫人の声がややうろたえていた。薬のことでデスペレートになっている場合があるので、私も早速飛んでいった。あんのじょう、薬が持ちだされている。

〝空白の青春〟と題した原稿が机の上においてあった。一読して、凄い、と思った。（『早稲田文学』一九八〇年九月号　色川武大「有馬頼義氏のこと　有馬さんの青春」より）

薬漬けの脳みそ。文壇進出への並々ならぬ思い。自分の書きたい小説と、書きたくない小説とのせめぎ合い。こらえ切れず、また薬漬け。その繰り返しのなかで、ほんの二～三か月の出来事を、一年間も耐え忍んだと間違って覚えてしまった……のかどうかは、もちろんわかりません。

でもやっぱり、有馬さんの異常なほどの文学志向が、不正確な回想にあぶらを注いだものと思います。倶楽部雑誌やカストリ雑誌を、自分の書きたくない媒体として、まるでなかったものと見なす思考です。

有馬さんは直木賞をとったあとも、ことあるごとに「おれは芥川賞がほしかった。いまでも芥川賞がほしい」と公言しました。先に引用した一九五六年の文で、「芥川賞が一番重かったと言うことが出来るかも知れない」と吐露していたことにお気づきかと思います。五八年の座談会でも、こんな発言をしょっぱなからぶっ放しています。


僕は昭和十一年ごろからごく最近まで同人雑誌をやつていまして、そういう意味で、いまでも皆さんのお仲間のようなつもりなのです。このあいだも、芥川賞をねらつているのだと言つて笑われたことがあるくらいです。（『文學界』一九五八年五月号「文壇の底辺からの発言」より）

直木賞をとったら日をおかずに『文藝春秋』とか『新潮』とか『文學界』とか『群像』とか、そういう〈一流の〉雑誌から注文がどっと舞い込む姿を望んでいたのかなあ。……でもまあ、無理です。買いかぶりすぎです。直木賞にそんな種類の力はありません。

かといって、まったくの無力だったかというと（たしかにそのほうが話は面白いですけど）、そんなことはありません。少なくとも、文春の『オール讀物』『別冊文藝春秋』といった雑誌へのパイプはできました。その意味では、権威あるマーケットに進出したいと願う作家にとって、貴重な足がかりの役目を十分に果たしていた。……それが昭和二十年代終わりごろの、直木賞の正確な姿のように、ワタクシには見えるのです。

推理小説は不利

と言われるなかで生まれた愉快な推理小説

——鮎川哲也『死者を笞打て』について

第一四一回（二〇〇九年・下半期）の直木賞は、石橋を叩いてわたるお得意のパターン。「実績を重視する」選考をやり遂げて、みごと北村薫さんに贈られました。ってことで（強引ではありますが）北村さんと関係がなくもない、直木賞のことが描かれた小説を取り上げたいと思います。

北村さんのデビューは、ごぞんじのとおり、謎の天才作家（いわゆる覆面ってやつ）として東京創元社から『空飛ぶ馬』を出したことにあったわけですが、これは「鮎川哲也と十三の謎」シリーズの一冊でした。

鮎川哲也なくして、作家・北村薫のデビューはなかった。という歴史的事実は、いまさらワタクシなどが言うまでもありません。

日本探偵小説全集の第一回配本『江戸川乱歩集』が刊行されたのが一九八四年の十月である。そして、その解説などのお願いに鮎川哲也先生を訪ね、鎌倉を散策しながらお話ししているうちに、先生の事実上のデビュー作『黒いトランク』誕生にまつわるエピソードが頭に浮かび、東京創元社でも書き下ろしをやってみようか、と考えたのが《鮎川哲也と十三の謎》のシリーズであり、それが鮎川哲也賞誕生へと結びついていく。それと同時に作家・北村薫が誕生したのである。（二〇〇九年四月・東京創元社／創元推理文庫『ニッポン硬貨の謎』所収　戸川安宣「あらずもがなのあとがき」より）

その鮎川さんが、五十年ほど前に発表したのが『死者を笞打て』（一九六五年八月・講談社刊）です。快作です。

もともと、『宝石』誌に一九六四年一月号から連載されていたけれど、同誌が廃刊したせいで五月号で中絶。翌年、書き下ろしとして講談社から刊行されました。直木賞史でいうなら、第五十回（一九六三年・下半期）台の前半ごろにあたります。第四十回台に吹き荒れた推理小説隆盛の風がおさまり、直木賞の候補にほとんど推理小説が取り上げられなくなっていた頃です。

『死者を笞打て』は、当時の推理文壇を想像させる世界が舞台になっています。実在の作家っぽい人物がわんさか登場しながら、「鮎川哲也」なる推理作家にふりかかった盗作疑惑と、その真相をさぐっていくさまが描かれるという楽しいお話です。

鮎川さん本人も、「本格物としては面白くないのですが、活躍中の諸氏の登場と、彼らのエピソードを描くことにより、楽屋おち的な興味でよんで欲しいのです」（二〇〇二年十二月・東京創元社刊『本格一筋六十年　想い出の鮎川哲也』所収　河田陸村「手紙に見る鮎川さんのお人柄」より）と言っていて、一九六〇年代の推理文壇をどうパロっているのかな、と読んでいくのが、正統的な楽しみ方でしょう。

ところが、です。推理文壇と直木賞の関係性にまで思いを馳せながら読むことができるように仕組まれていて、これはもう、直木賞オタクの口から流れ出るヨダレが止まりません。鮎川さん自身は、直木賞の候補に挙げられたことはありませんが、この作品では直木賞らしき賞をしっかりと登場させてくれているのです。いまなお鮎川さんに惚れ直す人が続出、というのもわかりますよね。

しかも、登場させる、なんて程度じゃないんですよこれが。作品の中心となる盗作事件（と、そこから派生した殺人事件）の、真相に深く関わって描かれています。とてもおだやかには読めません。

ですので、あえてマナーを破って、ネタバレ的なことにも触れざるを得ず、先に謝っておきたいと思います。すみません。

この作品には、いくつかの文学賞が実名で出てきます。たとえば、推理作家協会賞、はてまた、江戸川賞（または乱歩賞）。これらにまじってポツリと、とあるアルファベット名の賞が紹介されています。以下は、一九九三年刊の講談社文庫版からの引用です。

最も意外だったのは、わたしとは全く立場を異にする虚無派の推理作家金沢文一郎が分厚い封書をよこして、（引用者注：盗作などしていないという）わたしの主張を全面的に信じていると述べてくれたことだった。金沢の出現はほんの二年ほど前のことであったが、独特の乾いた文章と好んでえがくニヒルな主人公達と、世紀末的な愛欲描写とが読者の人気をあおり、たちまちにして流行作家の地位を占めてしまった。Q賞候補となることすでに二回、この冬は受賞まちがいなしとまでいわれている。（『死者を笞打て』「2」より）

これだけじゃ「Q賞」の実態はよくわかりませんが、後半に進むにつれ、やけにQ賞と直木賞がだぶり始めていくのです。

・・・

Q賞のことは、すべて虚無派の推理作家、金沢文一郎とのからみで語られます。たとえばこんな感じです。

語り手の鮎川哲也と、金沢がはじめて対面したときの場面。

「わたしは判官贔屓（びいき）なんですよ、大体がね。それに仕事も一段落したから、いまのうちに遊んでおきたいと考えていたところでしてね」

こともな気にいった。一段落したというのはQ賞の候補となるような力作はすでに書いてしまったことを意味している。そしていまのうちに遊んでおきたいと考えるのは、Q賞を受ければどっと注文が殺到して机の前から離れられなくなることを、言外に語っているに違い

なかった。（同書「6」より）

さらには物語終盤、江戸川賞の授賞パーティから抜け出して、金沢のほか、沈舜水、淵屋隆夫、編集者の大久保直公といっしょに、沈の泊まっているホテルの部屋に行こうと、エレベータに乗り込んだところ。

たまたまカメラマンを連れた顔見知りの新聞記者が同席したが、彼は故意にわたしから目をそらせると、金沢と淵屋隆夫の二人にしきりに話しかけた。ことに金沢は次期Q賞の最有力候補だから、この機会に面識を得ておいたほうがいいと考えたのだろうか、名刺をだし、肩を叩かんばかりの親しげな態度をみせていた。（同書「21」より）

そして、いよいよ犯人当てのクライマックスです。鮎川の旧作を盗作した張本人であり、最近になって殺人をおかした人間とは誰なのか、沈舜水がビシッと指摘します。

あんたは文筆に才のある人やった。日本に帰って身辺がおちつくと、金沢文一郎のペンネームで推理小説を発表しはじめた。むかしとった杵づかで、素人ばなれのしたいい作品をつぎつぎに発表して、とうとう今年はQ賞の有力候補になってしもた。Q賞をとるとジャーナリズムは別格あつかいや。原稿料がとたんにハネあがる。新聞に短篇を書いても、おわりのと

ころに括弧でかこんで『Q賞作家』とつけ加えられるほどや。あんたは何としてもその資格をとりたかった。（同書「23」より）

どうですか。推理小説を書く作家も対象になる、ここまで「別格扱いされる文学賞」といって、読者が即座に思いつく実在の賞。直木賞以外にあるでしょうか。

・・・

Q賞最有力と目される金沢文一郎を、犯人として追い詰めていく過程では、さまざまな推理作家たちが登場します。モデルと考えられる人を括弧つきで紹介していきますと、紀野舌太郎（樹下太郎？）、浅野洋（佐野洋？）、星野新一（星新一？）、新庄文子（新章文子？）、戸川正子（戸川昌子？）……。これみんな、第四十回〜第五十回のあいだに直木賞の候補に挙げられて落とされた作家たちです。

まあ、直木賞と関係ない推理文壇人もたくさん出てきますけど、でも最後の最後、金沢と対決するときに鮎川哲也といっしょにいる顔ぶれには、注目しないわけにはいきません。沈舜水（陳舜臣？）、淵屋隆夫（土屋隆夫？）、『月刊推理』編集長・大久保直公（『宝石』編集長・大坪直行？）の三人です。

大坪さんは、第四十四回（一九六〇年・下半期）で星新一さんが『宝石』と『ヒッチコック・マガジン』に載せた作品で直木賞候補になったとき、すでに『宝石』誌の実質的な編集長格だった、と伝えられています。

陳舜臣さんはのちに受賞（第六十回　一九六八年・下半期）しますが、当時はまだ『枯草の根』が第四十六回（一九六一年・下半期）候補になったきり。土屋隆夫さんは『天国は遠すぎる』で第四十一回（一九五九年・上半期）の候補になったきり。直木賞からはほとんど相手にされませんでした。

そういった人たちが、Q賞＝直木賞をとろうと躍起になっている男、推理文壇から離れて純文学の連中とばかり付き合っている金沢文一郎を包囲して、古典的な推理小説のスタイルで、やっつけてしまうという。

うおお。なんちゅう「アンチ直木賞」の小説なんだ！

……とはいえ、ほんとに鮎川さんが、そんな構造の小説を書くだろうか。深読みしすぎじゃないんだろうか、と反省しながらも、まず少なくともこの物語が書かれたとき、直木賞が念頭にあったことは十分推定できます。というのも、最初に発表された一九六五年の講談社版では、「Q賞」は「N賞」と表記されていたからです。

そして、鮎川さんについてのこんな証言を読むと、ああ、あり得るかもなと思えてくるわけです。


松岡（引用者注：元徳間書店編集者　松岡妙子）　人見知りはするけど人間は好きなんです、特に虐げられた人というか（笑）。陽が当たってる人は好きじゃないのよ。

山前（引用者注：山前譲）　はっきりそれはありますね。（前掲『本格一筋六十年　想い出の鮎川哲也』所収「担当

（編集者座談会　素顔の鮎川先生」より）

そのひとつの現れが、無名の新人や埋もれた作家の発掘に情熱を燃やした、鮎川さんの一連の活動にあったらしいです。

そんな鮎川さんだもの。「流行作家を生みだす」と言われてチヤホヤされていた華やか直木賞と、それに対峙する推理作家たち、っていう物語を（仮に）書いたとしたって、まったく不自然さはないじゃないですか。そして、自分の肝煎りで世に送り出したミステリー作家が、何度も落とされ虐げられ、それでもめげずに、ようやく、きらびやかな文学賞を受賞したわけですから、冥途にいる鮎川さんもまた格別な思いでしょう。北村薫さんがついに受賞してくれたおかげで、こちらも一読者として、ひときわ『死者を笞打て』を楽しく読むことができました。直木賞ファンで、ほんとよかったです。

大衆向けのおもしろい小説が選ばれる
直木賞がおもしろい小説と訣別したあのころ
――山田正紀『火神を盗め』について

第六十一回〜第八十回の十年間、つまり一九六九年〜七八年の直木賞は、俗に「苦悩の時代」とか言われます。というかワタクシがひとりで呼んでいます。

この間、受賞作を出せたのは十一回だけ。該当作なしが九回。ほぼ半分、直木賞はその役目を果たせませんでした。

いまの直木賞は、「エンタメ小説全体のクオリティを示すバロメーター」では全然ありませんが、一九七〇年代ぐらいまでは、そうありたいという「志」を、賞の奥底に漂わせていたと思います。多様な発表媒体や、さまざまな履歴の作家のなかから候補を選び、選考会に残していたのが、その証しです。しかし、苦悩の時代をくぐりぬけた末に、直木賞は思い切ってその志を脱ぎ捨てました。

「あきらめた」と言っていいかもしれません。直木賞はあえて時代（もしくは出版界の流れ）についてゆくことを、やめました。

あまりに大衆文学が広く深くなりすぎて、おのれの手にはとうてい負えない、と悟ったんじゃないか、ってことです。無理だとわかりました。降参しました。お疲れさまでした。

あきらめさせたのは、たとえば西村寿行さんであり、谷恒生さんであり、そして山田正紀さんでした。

山田さんの『火神を盗め』（一九七七年九月・祥伝社／ノン・ノベル、小学館発売）が候補となったのは第七十八回（一九七七年・下半期）です。やはりこの回も、該当作なしの決定がくだされました。選考後の会見に、選考委員の代表として現れたのは司馬遼太郎さんで、その会見内容は、司馬さんの性格もあるんでしょうけど、直木賞が突きつけられた「あきらめ」をよく表しています。


選考経過の説明に出てきた委員の一人、司馬遼太郎氏は個人的な感想として、こうもらした。

「全般に小説が変貌してきているので選考しにくくなっている。いろいろな議論が出たが、結局は文学的にどうかが決め手になった。対応しにくいほど多様な作品が出ているので、直木賞にならずとも不名誉ではない」。（『読売新聞』一九七八年一月三十日「読書」欄より）

これ以後、直木賞は大きく変わっていきます。ざっと挙げると「同人誌からは候補にしない」「大手出版社以外の作品は候補にしない」「雑誌掲載の段階では（なるべく）候補にしない」「新書版・ノベルスは候補にしない」などなど、たいていそのテリトリーを狭める方向へと舵を切りました。

まあ、同人誌については、「もはや同人誌の役割は終わった」うんぬんの議論を持ち出せば、納得する人がいるかもしれないですけど、じゃあ、どうして直木賞は単行本しか候補に挙げないのですか。ノベルスや文庫書下ろしを無視するのですか。……これに対する答えの原点は、第七十八回ごろにありました。

多種多彩な小説すべてに対応することをやめた、ってことです。

で、山田正紀ファンにとっては、いちいち司馬さんに言われなくたってわかっています。直木賞をとれなかったからって不名誉でも何でもありません。吉川英治文学新人賞も候補になったけどとれない、山本周五郎賞も候補になってとれない、と初めて「逆三冠」を達成した山田さんが、そのことで名誉を失ったかといえば、全然そんなことはありません。

・・・

直木賞が味わった苦悩を知るために、直木賞と『火神を盗め』を語っている同時代の文章を少しひもといてみます。

先に引用した『読売新聞』の記事は、「最近の《大衆小説》 多種多様な展開を示す 新たな可能性秘める広範な読者層」という見出しでした。書いたのは中田浩二記者です。

この記事では、今まさに大衆小説は多彩な広がりを見せている、果たしてどこまで広がっていくのか、可能性は無辺だなあ、と明るい未来（？）が展望されました。

今回の作品群で、担当記者が一つの目安とした作品に、山田正紀の超冒険小説「火神（アグニ）を盗め」（祥伝社）があった。二十八歳のＳＦ界期待の新鋭の書きおろし作品で、荒っぽい日本語だがフィクショナブルなおもしろさでは群を抜く作品である。（引用者中略）森村誠一、西村寿行両氏のように、（引用者注：直木賞を）受賞せずに、推理界のミリオンセラー作家となり、特異なストーリーテラーとして多くの読者を持つ作家もいる。読者の広野は地平線が見えぬほどの広がりを持つ。良質の文芸作品でも、荒唐無稽（こうとうむけい）な劇画風小説でも、並立できるのが、今日の読書界の状況であり、そこに、大衆文芸のあらゆる可能性があるともいえるのではないだろうか。（前出『読売新聞』より）

直木賞にはどうにか頑張って、あらゆる可能性をもつ世界を、視野に入れてほしかったですけど。でも、あきらめちゃったんだから、しかたないか。

もう一紙、やはり『火神を盗め』の落選をネタに、大衆文学のことを語った新聞があります。『朝日新聞』、書き手は編集委員の百目鬼（どうめき）恭三郎さんです。若かりし頃の筒井康隆さんに噛みつかれたことでも知られるＳＦ界の天敵、あの百目鬼さんです。

これまでの大衆文学は、物語性を中心にするといっても、やはり、文学の性質からいえば、純文学とおなじ構造をもってきた。ところが、いま流行の大衆文学の多くは、人間が描けているとか、描写が巧みであるとか、筋の運びに必然性があるといった、これまでの文学の尺度からは、ほとんど無縁のところで書かれているといっていいだろう。
その一作が『火神を盗め』なのだといい、直木賞で落とされたのは「文学」の壁を崩せなかったからだ、と解説。記事の締めでは、読売の中田さんとまるで違う方向を向きました。

直木賞のこの姿勢は、さかのぼれば、SFに冷たくて、星新一、小松左京、筒井康隆といった人たちがついに受賞できなかったこととつながるだろう。当時は、直木賞の偏狭と思われないでもなかったこの姿勢も、今日のような大衆文学の状況になると、かえって評価されてしかるべきであるかもしれない。（『朝日新聞　夕刊』一九七八年一月二十三日「文化」欄「大衆文学ブームと直木賞　奇想天外を追う読者、受賞なしにも意義」より）

暗いなあ百目鬼さん。どっちが偏狭だよ、と言いたくもなりますよ。これじゃまるで、大衆文学の盛況がつづくかぎり、明るい未来なんてないみたいじゃないですか。

…

まあ、新聞の文化記者さんは、楽観したり悲観したり、現状にヤキモキするのが仕事みたいなものですから、放っておいても何の影響もありません。大丈夫です。
結局、多くの読者たちはどう考えていたのか。といえば、鎌田三平さんが『S-Fマガジン』

で代弁しています。

イギリス、アメリカには泥棒（ケイパー）小説という伝統がある。大犯罪計画の立案と準備と遂行のスリルと楽しさを中心に据えた、遊びの要素の強い小説群のことだ。（引用者中略）『火神を盗め（アグニ）』はまさにその伝統にのっとった小説だ。そこが選考委員にわかってもらえたのだろうか？大企業の歯車と化したサラリーマンの悲哀とか、人間性の回復云々とは無縁な遊びに徹した点に注目してもらえたのだろうか？　未消化な〝硬い〟単語の頻出など欠点はあるだろうが、それ以上に、日本の娯楽小説の新しい伝統と化しつつある〝遊びの小説〟の擡頭を理解してもらえただろうか？　以上の諸点が考慮されないかぎり、本書は直木賞とは関係ない小説である。（引用者中略）（SFではないだろうが）『謀殺のチェス・ゲーム』や『火神を盗め（アグニ）』のようなアクション小説をもっと描いてほしいものだ。おもしろければ、いいじゃないか。（『S－Fマガジン』一九七八年五月号「SFレビュウ」より）

ほんとに、そうですよ。なのに直木賞は、「小説を楽しみたい、おもしろい小説に出逢いたい」と願う読者（の一部、または大半）に背を向け、決裂してしまったわけですね。『火神を盗め』の登場と落選は、直木賞史のなかでも大きな分岐点でした。

直木賞よ、どこへ行く。狭いところばかり好んで歩かないで、もっと自由で開けた場所に出てくればいいのに。ワタクシは心配しています。変なものにとらわれて、おもしろい小説を避けているうちに、「直木賞受賞作」という単語が「さほどおもしろくない小説」を意味するレッテルと化してしまうことを（もうしているか）。

3 受賞がもたらす、ささやかな出来事。

実績

受賞しても消えていく作家は多い
それは直木賞のせいじゃないです
――河内仙介について

　第十一回（一九四〇年・上半期）直木賞の受賞者は二人います。史上最年少で選ばれてしまった二十歳そこそこの小ムスメこと堤千代さんといっしょに、「軍事郵便」で受けたのが、四十一歳のおじさん、河内仙介さんです。

「河内仙介なんて知らない名前だな」と、さっさと帰ろうとしたあなた。直木賞にご興味があるんですよね？　ならばぜひ、この名を脳髄に叩き込んでからお帰りください。

「直木賞をとっても消えていく作家はたくさんいる」

　そんな文章、どこかで読んだことがあると思いますが、たいてい、文学賞なぞ屁の役にも立たないもの、っていう文脈のなかで語られます。

　このフレーズは、時代時代に応じて語り継がれてきました。今なら、「直木賞をとっても、死後忘れられて、本が刊行されなくなる人も多い」みたいな意味合いでしょうか。永遠に読み継がれる作家を選び出せない直木賞はマユツバだ。……ええ、そのとおり。

　では、受賞者のなかに生存者の多かった時代はどうでしょう。「直木賞をとっても、さほど作品を発表できず、次第に名前を見かけなくなった」程度の意味だったでしょうか。

となると、芥川賞のほうにはたくさんいても、直木賞では該当する人が案外少ないことに気づきます。とくに戦前は、最後の二人（森荘已池さんと岡田誠三さんですね）と、戦地に行かされて若くして亡くなった神崎武雄さんを除けば、おおむね、小説を書き続けた人ばかりでした。

「いや。うそだ。それじゃ面白くないぞ！」

と、直木賞は無価値であると強調したい人が、「忘れられた直木賞受賞者」として満足顔で堂々と名指しすることのできた貴重な作家。それが河内仙介さんなのです。


生来酒好きの仙介は、五百円の賞金をもらうと酒ばかり飲んでいて、新聞雑誌の依頼原稿も書けず、名声だけがカラ廻りして、生活は悲惨を極めてきた。質草もなくなって、やむなく直木賞の時計を持ってゆくと、質屋の主人は時計のうらに、「第十一回直木賞・河内仙介」とほられた文字を見て、「惜しいもんだ、この文字がなけりゃ、もっと高く預るんですが」と云ったそうだ。（『小説新潮』一九六四年一～二月号　橋爪健「芥川賞――文壇残酷物語――」より）

直木賞の受賞者が不遇に陥るのって、どうやら面白い話題らしいです。……らしいですと言いますか、ワタクシだって河内さんに興味を持ったのは、まずその点からでした。

直木賞が第百回を迎えたときの『文學界』の匿名コラム「コントロールタワー」でも、まるまる橋爪さんの書いたエピソードと解釈を借用しています。

やむを得ないことだが、時には才能を押し潰してしまうこともないわけではない。「軍事郵便」の河内仙介なんかも賞金を呑み潰しておしまいだ。賞が重くて書けなかったんだね。（『文學界』一九八九年三月号「コントロールタワー」より）

いいですよね、直木賞に関心のない方は。「一九四〇年に受賞」「四三年ごろから作品発表が途絶える」「戦後も、ほとんど発表せず」「五四年死去」っていう事実をつなぎ合わせて、「賞が重くて書けなかった」などと、かるがるしく結論づけてしまえるので、気が楽です。

じっさいの河内さんはどうだったのか。ほんとに橋爪健さん一人の証言（というより、おそらく伝聞情報）だけを信用していていいのか、どうなのだか。……

そりゃ、「直木賞の重圧に負けて書けなくなった作家」がこの世に一人でもいたほうが面白いです。直木賞を馬鹿にする人にとっても都合がいいでしょう。でも、橋爪さんが語る話とは全然ちがう解釈も可能なのだ、ってことは書いておきたいと思います。

まず、前提として忘れちゃいけないことがあります。河内さんは「軍事郵便」を発表するまで、ずーっと芽の出ない純文学志望作家でした。

たぶん、地味で古くさくて独りよがりの作品ばかり書いていたんでしょう。才能があったのかどうかもあやふやです。四十歳までそうやって歩んできましたし、死ぬまで純文学への執着は抜け切れませんでした。

里見弴さんに「文学」っていう小説があります。『木魂／毛小棒大―里見弴短篇選集』（二〇一一年二月・中央公論新社／中公文庫　小谷野敦編）に収められたので、手軽に読めるようになりました。河内仙介こと本名・塩野房次郎をモデルにした小説で、芽の出ない、才能もなさそうな、作家志望の中年男が描かれています。

小谷野さんの解説を引きますと、

この短篇の主人公のモデルになっているのは、この短篇発表後すぐに直木賞を受賞した河内仙介（一八九四―一九五四）、本名・塩野房次郎で、受賞作は初めて商業誌に発表した「軍事郵便」で、それも師事していた長谷川伸に文章を直してもらい、当人としてもまったく思いがけない受賞だった。（引用者中略）だが才能はやはりなかったようで、その後も作家としてやっていくことはほとんどできず、その後神奈川県片瀬で軍需工場の宿舎の舎監をしており、敗戦後里見は久米正雄に世話を頼んでいるが、とうとうものにはならなかった。（同書「解説　色気の作家・里見弴」より）

ええ。じつは、賞の重みもクソもなくて、河内さんってはなから、商業誌界で活躍できるような資質の持ち主ではなかったのではないか。そう思います。

たしかに受賞後、河内さんは、数々の雑誌に小説を発表し、それらの短篇を集めた単行本も、『遺書』（一九四一年）、『ヴヰクトリヤ号』（四二年）、『わが姉の記』（同年）と出しました。これなど頑張ったほうです。

しかし一九四三年、急に筆を折って、藤沢片瀬の東京螺子に入社、軍需工場の舎監に身を転じます。

その現場に居合わせた息子の塩野周策さんによると、こうです。

(引用者注：昭和)十八年後半頃からの戦争の苛烈さから、各誌も厳しい統制をうけ創作活動も極度に狭められ、作家も報道班員に、あるいは軍需工場に徴用されるに至るや、父はさっさと頭を丸め、なかば筆を折った形で、作家仲間や私たち家族の反対を振り切り、藤沢片瀬の東京螺子という軍需工場の舎監として、自ら徴用の形で入社してしまった。(『別冊文藝春秋』九十号[一九六四年十二月] 塩野周策「わが父を語る 不遇な直木賞作家——終生 文学の鬼であった河内仙介——」より)

『日本近代文学大事典』(一九七七年十一月・講談社刊)で「河内仙介」の項を担当した山敷和男さんは「『わが姉の記』(昭和一八・一〇(原文ママ) 泰光堂)が反戦小説とみなされ、執筆が不自由となる。」としています。

ええい、ごちゃごちゃと大衆向けの読物を書いて糊口をしのぐのを潔しとせず、執筆依頼を振りはらって、物書き業からしりぞいたとは、なんと気骨ある文学中年であることか!……とは、誰も言ってくれないのが、河内さんの憐れなところかもしれません。

・・・

せっかく直木賞をもらって、大衆小説なら書いてもいいよ、と言ってもらえたのに、戦後になると純文学の世界に逆戻りしてしまいます。自ら狭い穴、狭い穴に入り込もうとします。

東京螺子での舎監生活を題材に、長篇『風冴ゆる』を執筆。自身、純文芸のつもりだったので、里見さんの家に、何度か原稿をみてもらいに行ったらしいですが、書き下ろし長篇をこつこつと書く河内家(塩野家ですね)が窮乏しないはずがありません。一九四七年十一月にようやく、暁書房からの刊行が決まったものの、

持ち込みという形だったので、足許をつけこまれたかして、新円切り換え以来、現金の金繰りが悪いとかいうような理由で、印税は分割で五千円ばかり貰えただけで、残額に相当する分は三百冊の本で渡して貰い、それを父と私とで何回にもわけてルックにつめこみ、しかるべきルートである神田の小取次店や、東京、藤沢の小売店に委託販売に廻って歩いた。(前掲　塩野周策「不遇な直木賞作家」より)

周策さんの述懐によれば、その後も、純文芸の中篇ものばかり書いては、各社の文芸誌に送っていたそうです。しかし結果は、直木賞をもらう前の、芽の出ない時代と同じ。とりあげられることはありませんでした。

その後、あまりの貧乏さに、妻や息子からやいのやいの責め立てられるものだから、河内さん、また大衆誌などに原稿を売り歩くようになったのだとか。しかし、文学をやろうとする気持ちが強すぎたか、とうてい戦後の大衆誌のニーズに合うわけがなく、ボツばっかりだったと言います。

息子の周策さんは、家計を助ける意味からも大学を中退。父親のツテで六興出版に入社しました。かの中間小説誌『小説公園』の編集者となったのです。

父はしばしば私を介し、社へ原稿を持ちこんだ。相も変らず観念の裸おどりと言おうか、くだくだとテンポものろい内容で、枚数も全然、雑誌の性質を考慮に入れない百何十枚というものばかりだった。かつての礫々会の仲間だった石井英之助社長も吉川晋編集長も、苦労して読んでくれるが、「もうダメだな。完全にバスに乗り遅れたよ、オヤジさんは」と言われる始末だった。（前掲「不遇な直木賞作家」より）

自分の盲信する「文学」みたいなものにとらわれて、とうてい読めたものになっていない。……まさに里見弴さんが描いた「文学」の主人公の姿が、そのまま、このころの河内さんの姿だったのではないか。

と見えるので、どうも橋爪健さんの描く河内仙介像は、ぴんとこないんですよね。酒ばかり飲んで、直木賞受賞の名声に耐え切れず、小説が書けない、とか。

落魄の河内仙介をなんとかカムバックさせてやろうと、（引用者注：友人の長谷川幸延は）自宅に一室を与え、夜具、着物、下着から机、原稿紙、万年筆まであてがってやった。仙介は涙を流して机にかじりついたが、荒廃しきった筆はなんとしても動かない。やっと二三十枚のものができたというので、幸延が読んでみると、「紅蓮の炎めらめらと」というような文句が随所に出てくる始末で、ついに一作もものにならず、昭和二十九年胃カイヨウで、妻子だけにみとられて無惨に消えていった。（前掲 橋爪健「芥川賞——文壇残酷物語——」より）

「紅蓮の炎めらめらと」ふうの文章が何度も出てくる小説は、河内さんが商業誌界で頑張っていた戦前の一九四一年に書かれ、いちおう「ものになっている」んですよ。「燃える睡蓮」（『新青年』一九四一年十月号）っていうやつ。

それに、「妻子だけにみとられ」るのが無惨かどうかは知りませんが、死にぎわ、北條秀司の妻と、娘・美智留が駆けつけたことも、付け加えておかねば公平さに欠けます。青年時代からの親友、北條さんも、大阪出張から帰京して、すぐに河内さんの霊前にやってきたそうですし。「直木賞をとったのに、晩年、全然小説を発表できなくなったんだってさ、おお悲惨」と、ケタケタ笑う人の気持ちはよくわかります。脚光を浴びた人間がのちに不幸になっていく姿は、他人にとっては快いもんです。でも一応、そんな河内さんの姿……売れずとも、才能がなかろうとも、時代遅れになろうとも、書くことをやめなかった河内さんの生き方を「うらやましい」

と言う人もいるのですから、ワタクシはぜひ、そっちの見方に乗っかりたい。

はっきり言って、私の父は鬼だった。鬼に父は少年時代からとり憑かれていた。長じてこの鬼は、妻子を貧苦のどん底へ何度も巻き込んで省みなかった。（引用者中略）しかし、歳月の流れの中で、私の父への思いは、さまざまに移り変わっていった。父が他界したときの五十六歳を十年も上回った齢（よわい）になった今の私は、鬼で生涯を閉じた父を、つくづく羨ましく思うようになった。（『松柏』九十八号［一九九四年三月］塩野周策「原稿用紙と遊ぶ」より）

・・・

河内さんには四人の子供がいました。しかし、長男・周造と長女・蓉子は、それぞれ一九二二年と二六年に、生後まもなく没。次女の房子は、立派に成人したものの、河内さんの死後半年ほどで、病気で亡くなりました。二十四歳だったそうです。

ってことで、ひとり残った次男の周策さん。結婚もして、河内さんに孫の顔を見せてあげることもでき、母（仙介の妻）のわささんとともに長いこと、存命でした。

周策さんは『小説公園』編集部ののち、報知新聞に定年まで勤めたようです。その間、父親ゆずりの「文学熱」を存分に発揮しちゃいまして、同人誌に小説などを発表。編集者時代に付き合いのあった山本周五郎さんにも読んでもらったりしたらしいですが、けっきょく小説家にはなり切れませんでした。

しかし、同人誌への思いは生涯捨て切れず、定年後に、昔の仲間たちと『葦』（復刊一九九一年十月）を復活させます。その『葦』に周策さんは「わが父の記」（第十六号～第二十六号）というのを連載していたりするのですが、ワタクシ、いまだ未見。いやあ、読んでみたいなあ。

……と河内さんへの興味を、勝手にひとりで高めたところで、じっさいに河内仙介と会ったことのある、二人の人物の文章で締めたいと思います。二人とも周策さんの同人誌仲間です。その分、橋爪健さんのような辛辣な見方はしていませんが、「直木賞をとったのに消えた作家」のことを、人間として肯定的に見てくれる人も、世の中にはいるんですよ、ってことで。

まずは津田類さん。

たしか（引用者注：昭和）二十四、五年の夏だったと思うが、戦前、『軍事郵便』という作品で直木賞を受賞した河内仙介氏が「君たちはいいなア。そうやって書くことがたのしくてしょうがないときがいちばんの花だよ。オマンマの種のために小説を書くってのは実に嫌なものだ。ちかごろやたらと筆が重くてねエ……」といったことがある。（引用者中略）

河内氏は小説が好きで好きでたまらなかった。だから、戦後の価値観の急変について行けなかった。河内氏は、自分が探り出した小説の城を出ることを拒んだ。従って、マスコミから離れなければならなかったのである。（『演劇界』一九六六年八月号　津田類「舞台裏この道一筋に　揚幕　倉沢小三郎氏　檜舞台のなかの城郭」より）

そして、人柄のよさは天下一品らしい、松永昭二さんです。

おいおい分かったことですが、先生（引用者注：河内仙介のこと）は若い頃から純文芸作家を志して、節を曲げてまで売れればどんな小説でも書くというような態度はとろうとされなかった方なんですね。（引用者中略）

清廉という言葉がありますが、河内先生は正に清廉の人でした。私に清廉の尊さを感じさせてくださった方でした。物のない貧しい時代でしたが先生のお話を伺っていると、なぜか心が豊かになったのです。

「人間らしく生きるということは、金持ちになることとは違う」

河内先生は迷っていた私に、生きる道筋と勇気を与えてくださった人間作家でした。（一九九六年三月・日本教育新聞社出版局刊　松永昭二著『子どもの情景――「心の教育」をすすめるクァルテット――』「人間作家」より）

うわあ。河内仙介を表現するに「清廉」とは。ある意味、斬新。

仲間にデカい口たたくわ、借金しまくってひんしゅくを買うわで、河内さんって徹頭徹尾、嫌われ者なんだとばかり思っていましたよ。世にひとりでも、生きる道筋と勇気を与えたなんて、なかなかやるじゃん、河内さん。

受賞作は話題になって売れるだけど、出版社の苦境は救えない

――豊島澂について

直木賞の裏を見つづけた人。って意味では、和田芳恵さんの存在は外せません。しかし和田さんは、執念実って小説家の肩書きを手にし、直木賞のオモテ舞台に出ちゃいました。なので（何が、なので、なのかわかりませんが）代理として、豊島澂（きよし）さんにご出陣願うことにいたしましょう。「代理」と呼ぶのも変ですけど。和田さんと豊島さん、二人が出会っていなかったら、両者とも直木賞とは無縁の人生を送っていたかもしれません。

吉田時善さんの書いた『こおろぎの神話――和田芳恵私抄』（一九九五年七月・新潮社刊）という作品があります。副題のとおり、主人公は和田さんですが、豊島澂さんの半生までも追えてしまう、豊島＆直木賞な本でもあります。

戦後、和田さんと豊島さんは、大地書房の編集者として一緒に働いていました。やがて和田さんは『日本小説』誌を持って独立、しかしそのうち借金を抱え、逼塞（ひっそく）の日を送ることになります。

そんな和田さんが『三田文学』に発表した「露草」で直木賞候補になりました。第二十七回、

一九五二年半ばのことです。その頃、豊島さんは、自ら出版業に乗り出したばかりでした。

> 紙面に挑むように、力をこめてペンを走らせる、豊島の、癖のある文字が、躍っていた。
> 〈和田さん、直木賞はダメで、残念だった。でも、「露草」は、いい作品だよ。世を忍んでいて、これだけのもの書くんだから、まだ大丈夫。小生、D書房（引用者注：大地書房）や日本小説社の轍を踏まないようにと頑張っているけれど、楽じゃありません。おっとりとした気分で、「露草」のようないい作品を本にできるといいのだが……。お大事に。〉
> 酒を飲みながら、豊島は、はにかんだ表情で、童話を書いたり出版したりするのがおれの夢だ、と言ったことがあった。（引用者中略）最初から童話の出版をするのは無謀だという支援者たちの忠告に従って、長崎で原爆を被災した少女の手記や、好意的に旧作の復刊を許してくれた大佛次郎の時代小説などを出したが、順調な滑り出しとはいえなかった。（『こおろぎの神話』より）

時期的にみて「同光社磯部書房」のことでしょうか。豊島さんの本意ではなかったんでしょうが、同社は戦後の出版界に突如あらわれ、潔いほどに大衆文芸路線をひた走ってくれました。昭和二十年代の大衆文芸を語るうえで欠かせない重要な位置を占めています。たぶん。

同光社磯部書房はまもなく倒産。だけど、そんなことじゃ豊島さんは懲りません。一九五七年二月、深川喜信さんと組んで「光風社」を設立。童話の出版、とかいう夢は脇におき、文芸書の出版を中心に、ひっそりと再々出発をはかります。

和田芳恵さんの同人誌仲間だった草川俊さんに、書き下ろし長篇を書かせて『長城線』を刊行。するとこれが、同社初の直木賞候補に挙げられます。第四十回（一九五八年・下半期）のことでした。つづいて、これまた和田さんからの紹介で、渡辺喜恵子『馬淵川』を出版。すると今度は、何と第四十一回直木賞を受賞してしまうのです。

作家にとっての名誉、と当時すでに言われていた直木賞。

光風社の経営状況は苦しかったそうです。それでも豊島さんにとって、「直木賞受賞作を出す」っていうのは、夢であり希望であり、出版社経営を続ける原動力のひとつになり始めた……のではなかったかと思います。


数日前に、（引用者注：和田芳恵のもとに）豊島澂が訪ねて来て、短編集を出させて欲しい、と言った。（引用者中略）書きおろしの新作が良い作品であれば、芥川賞か直木賞の候補にあげられる可能性があるだろう、と豊島は、和田の作品集に、賭けをしている口ぶりであった。

和田が豊島にすすめて出版させた、渡辺喜恵子の『馬淵川』が、直木賞になったという前例があった。夢よもう一度という期待が、豊島には、あるらしかった。彼は、持ち前の、坊っちゃん的な口調で、「こんどは、和田さんの番ですよ」と、言った。（同）

夢よもう一度、ですもの。直木賞の鉱脈に何かモノスゴイものが埋まっていると信じていたんでしょうか。ほんとうに大丈夫なのか、豊島さん！

こうして出版された『塵の中』には書下ろしで「道祖神幕」が収録されることになり、豊島さんの思惑どおり、この一作が高い評価を得たおかげで、第五十回直木賞受賞が決まりました。みごと賭けに勝ちました。

ええ、良質な作品集だとは思います。しかし、さほど一般受けする内容じゃないのは明らかです。「直木賞」の看板を付けて、さあどれほど売れ行きを伸ばせたのか。……二万五千部ぐらいだったそうです。。

世のなかには、「〈直木賞〉受賞作というだけで、本の売れた時代があった」とかいう、都市伝説というか、イメージ先行のデマが出回っていると聞きます。豊島さんの時代には、さすがにそこまで安直な直木賞観は根づいていなかったとは思いますけど（たぶん）、直木賞のもたらす恵みは、だいたい期待を下まわるのが相場。と考えておいたほうが無難でしょう。果たして直木賞の受賞効果は、豊島さんの夢みたとおりだったでしょうか。そうだったとすれば、うれしいんですが。

…

豊島といえば、澂さんより、やはり父親の与志雄さんのほうが有名です。関口安義さんの『評伝豊島与志雄』（一九八七年十一月・未來社刊）によると、上に兄・尭（たかし）がいて、一九一六年～一七年の短い生涯を生きたそうなので、澂さんは次男になります。

それで、豊島与志雄の子供であることと、直木賞と、何の関係があるんだ！……と何でも直木賞と結びつけなきゃ気が済まないワタクシですら思いますが、なにせ光風社から出た初の直木賞受賞作『馬淵川』には、豊島与志雄―澂をつなぐ奇縁がひそんでいた。というのですから、触れておかずにはいられません。

その奇縁は、渡辺喜恵子さんが『馬淵川』の「あとがき」で記してくれています。

豊島與志雄先生のお眼に止まつて大変おほめいただいた。

「末の松山」の部分を五十枚ばかり発表したのが（引用者注：昭和）二十二年であつたと思う。

（引用者中略）

雑誌「新文明」が、足かけ三年、十三回に分けて載せてくれたのがこの本の出るきつかけとなつたのだが、光風社の豊島さんは、今は亡き豊島先生の御子息さんであることを知つた時、私にはひじように嬉しく思われた。（一九五九年五月・光風社刊　渡辺喜恵子著『馬淵川』「あとがき」より）

ちなみに『馬淵川』の奥付を見ると、発行人は「豊島清史」。豊島さんは「澂」と「清史」、二種類の表記を使用していたらしく、光風社時代の発行人名は「清史」を使っていました。『馬淵川』で夢をかなえ、夢よもう一度で『塵の中』。そのあと光風社は、さらにもう一つ、受賞作を生み出します。永井路子さんの『炎環』（第五十二回　一九六四年下半期）です。

「直木賞といえばみんなが知っている憧れの賞。とればかならずベストセラーで、作者はガッポガッポの印税生活、億万長者だ！」……なんてことは当然なく、直木賞は非力です。ハリボテです。出版社の経営を立て直してあげられる力など、まるで持っていないことは、ご存じのとおりです。
『炎環』が受賞して間もなくの一九六五年、ついに光風社は借金に音を上げました。資本金五十万円、社員七人の小所帯ながら負債総額はざっと六四〇〇万円。

　私は悪いクセで、新人のものはできるだけ金をかけていい本にしました（略）。喜ぶ顔みたさについ新人のものでも、五千部、六千部刷ってしまった。当然、返品は五割から六割、一、三十万円の赤という結果になる。（『出版ニュース』一九六五年七月下旬号「ある出版社の倒産、再建」より）

　このとき豊島さんは四十四歳。そんな失敗にへこたれるな、と周囲から手厚い援助を受けて、すぐに「光風社書店」の名で再建されることになり、編集担当者として継続勤務。やがて同社の社長へと返り咲く（？）ことになります。いつでもチャレンジ精神を忘れない豊島さん、心から敬服します。

　大仏次郎氏を筆頭に文壇から好意あふれる救いの手がのべられ、文芸家協会理事会では「同社を再建すること」と決議までし、さらに大取次から紙屋・印刷所・製本所はむろんのこと、大口債権者の高利貸氏までが「早く新社をつくりなさい」と逆に激励を惜しまなかった、といういまどき全く珍しい〝美談〟（引用者中略）つまり、それほどこの社長の良心と人柄のよさが、だれからも買われていたということ。（一九七〇年七月・出版ニュース社刊　鈴木敏夫著『出版―好不況下　興亡の一世紀』「第五部　昭和戦後　全く不況にツヨい〝奇跡〟の好調」より）

光風社書店からも、いくつか直木賞候補になる本を出しました。とくに、『宮地家三代日記』『菊酒』を書いた宮地佐一郎さんとの出会いは、豊島さんにとって幸せだったに違いありません。もともと坂本龍馬に興味のあった豊島さんは、宮地さんと二人で、龍馬に関する文書をもとめて全国を行脚。『坂本龍馬全集』なるものまで出版してしまいます。

しかし、やっぱり直木賞は、豊島さんを助けてあげることができませんでした。

豊島の会社は、不渡手形を出して一度倒産した。社名の一部を変更して、債権者管理のもとに再出発したが、困難な経営状態が続いていた。（引用者中略）（引用者注：豊島の）通夜の席で聞いたところでは、豊島は、社員へのボーナスの手当をするために、自宅近くの喫茶店で高利貸に会ったあと、一旦自宅に戻ろうとしていた路上で倒れたということであった。（前掲『こおろぎの神話』より）

昭和三十年代からの二十年間で、豊島澂さんの光風社（と光風社書店）から、全部で十作の直木賞候補作が生まれました。受賞作の『馬淵川』『壥の中』をはじめ、いまや手に入れづらいものも混ざっていますが、それらを一覧化することで、直木賞ファンのひとりとして（いまさらすぎるんですけど）感謝の意を表したいと思います。

豊島さん。ありがとう。

光風社

第四十回候補　草川俊『長城線』（一九五八年十二月刊）

第四十一回受賞　渡辺喜恵子『馬淵川』（一九五九年五月刊）

第四十五回候補　樹下太郎『銀と青銅の差』（一九六一年二月刊　新・推理小説双書）

第五十回受賞　和田芳恵『塵の中』（一九六三年十一月刊）

第五十回候補　江夏美子『脱走記』（一九六三年七月刊）

第五十二回受賞　永井路子『炎環』（一九六四年十月刊）

光風社書店

第六十四回候補　宮地佐一郎『宮地家三代日記』（一九七〇年六月刊）

第六十六回候補　宮地佐一郎『菊酒』（一九七一年十一月刊）

第六十八回候補　滝口康彦『仲秋十五日』（一九七二年九月刊）

第八十回候補　安達征一郎『日出づる海　日沈む海』（一九七八年九月刊）

名作・名作家が選ばれるそんなわけがありません

――海音寺潮五郎について

インターネット上に「海音寺潮五郎応援サイト～塵壺（ちりつぼ）～」っていうサイトがあります。海音寺作品に関する考察、資料などをどっさり公開していて、その研究姿勢に打たれるところ多いんですが、貴重な記事が満載すぎて、ネット使いの直木賞ファンはみな、涙を流して喜んでいることでしょう。おそらく。

ここに二〇一三年二月から、『海音寺潮五郎記念館誌』が順次アップロードされています。第二十二号（二〇〇三年十二月）から同誌に再録された、海音寺さんの直木賞選評を手軽に読むことができるのです。「ぼく」という一人称を使って綴られる、真正直で、衒（てら）いのない海音寺さんの語り口。思わずシビれちゃいますよね。

シビれたのは、ワタクシだけじゃありません。源氏鶏太さんもまた、その選考眼というか、批評ぶりに傾倒したひとりらしいです。

源氏さんと海音寺さん、それから中山義秀さんは、第三十九回（一九五八年・上半期）からいっしょに直木賞選考委員になりました。その源氏さんが、海音寺さんについて書いています。

私が直木賞選考委員になったのは昭和三十三年でなかったかと思っているのだが、海音寺さんは、それ以前からの委員であった。（引用者中略）（引用者注：直木賞選考委員としての）私の最も大きな愉しみは、各委員の候補作品についての批評なり意見を聞くことが出来ることである。

批評や意見が各人によって違うのは当然だし、そうでなかったらおかしいくらいのものであろう。が、私のいつでもいちばん関心をもって聞くのは海音寺さんのそれである。私と意見が違う場合もあるが、そういうときでもいろいろとおしえられることが多い。（一九七一年九月・集英社刊　源氏鶏太著『雲に寄せて』所収「直木賞選考委員海音寺潮五郎氏」より）

ここから推測できることがあります。同じときに委員になった源氏さんに、自分より以前から委員だったと錯覚させるほど、海音寺さんは初回から、臆せず遠慮せず、他の先輩委員に伍して意見を述べていたんだろうな、ってことです。

海音寺さんは、選評も特徴的でした。おのずとその印象的な選考姿勢が浮かび上がってくる、といいますか、海音寺さんの直木賞観が如実に出まくっています。

けっして突飛な意見が述べられているわけではありません。まったく自然なことを、堂々と語っています。

「読者受けと文学賞を受ける資格とは別でなければならない。」（『オール讀物』一九六一年十月号より）

第四十五回（一九六一年・上半期）選評の一節です。読者に受ける小説、文学賞に選ばれる小説、この二つをゴッチャに語るなよ、ってわけですね。直木賞史のなかで、この指摘がどれだけ重要なことかは、とりあえず拙著『直木賞物語』（二〇一四年一月・バジリコ刊）にも書きましたが、次の第四十六回でも海音寺さんは、わざわざこんなふうに言っています。

過去何年かの統計によると、直木賞は年間二人ないし四人選出されている。これをもってみても、委員会は天才を選出する機関でもなければ、大作家を選出する機関でもないことは明瞭だ。年々そんなに天才や大作家を送り出すんでは、日本文壇は天才や大作家で埋まってしまう。第一そんな大それた任務なぞ引受けられるものではない。ぼくは、「この人は可能性がありそうですよ」と、世間に推薦するだけの機関だと思っている。（『オール讀物』一九六二年四月号より）

あまりに当たり前のことを言っているので、居眠りしちゃった人もいるかもしれません。起きてください。

注目すべきは、こんな真っ当すぎることを、あえて選評の場で表明しているところなんですよ。ひょっとすると、この程度のことが、外野の観衆たちには伝わっていなかったの？　と驚きすら覚えます。

「ふん。いまは時代も変わったんだから、直木賞だって変わったし、昔の話をしてもしょうがないじゃん」などと言い出すのは、ろくに直木賞の歴史を調べたわけでもなく、何がいつなぜどのように変わったのかを説明しようともしない、自分の知見こそ万全だとなぜか自信だけは過剰に持っている人たちぐらいですから、放っておくことにしまして、ワタクシも海音寺さんを見ならい、当たり前のことを言います。当時もいまも「直木賞受賞作は名作ぞろい」じゃありません。もし本の帯に「直木賞受賞の傑作！」と書いてあったら、それは単なる宣伝用の決まり文句です。真(ま)に受けないほうが賢明なのは、いまも変わっちゃいません。

と、まあ、ワタクシのような一般シロウトが言っても意味はないわけで、「直木賞は天才や大作家を選び出す賞なんかじゃないぞ！」って叫びがズシンと重く響くのは、海音寺潮五郎その人の発した言葉だからです。なにしろ海音寺さん自身が、どうにも派手さに欠く……地道でコツコツとした努力で、長きにわたって作家業を続けた人でした。

> 文学というものが、かりにその才能に多少欠くるところはあっても、ただひた押し、ごり押しの執念で、完成の域にまで達せられることがあるとしたら、そのもっとも良い例が、海音寺潮五郎である。
> 氏には、五味康祐、柴田練(ママ)三郎にみられる物語作成の才能や、氏の弟子にあたる司馬遼太郎の持っている才気などはまったく見られない。ただひたすら、広く和漢の書籍に親しみ、

その該博なる知識で一つの史実を追いつめて、文学になそうとする熱気があるのみである。
（引用者中略）
努力と勤勉が、才能を追い越して、実を結んだ文学、それが今日の海音寺文学であるといえよう。（『中央公論』一九六八年十二月号「人物交差点」より　―署名：「（山）」）

という見解にワタクシも同意します。ほんとうは小説家を続けるより、史料をあさったり物を調べて生きていきたい人だった、とも聞きますし、海音寺さんの、歴史に対するオタクぶりは徹底していました。

そういう海音寺さんだからこそ、シブいものについつい目が行ってしまい、だーれも騒ぎ立てたりしない愚直な仕事を、直木賞で選び出そうとしていたのだと思います。その一例に、たとえば野村尚吾さんの仕事がありました。

野村さんといえば、戦前、早稲田大学の学生だった時分から、文芸に対して情熱を燃やし、一九四一年に毎日新聞社に入ったあとも、同人誌にガッツリと参加。四二年には「岬の気」が『文藝』誌の推薦作品に選ばれます。

その後は、陽の目を浴びない作家予備軍と、商業雑誌の編集記者、二つの顔をもちながら、戦中・戦後の文壇界隈に、ぴりっとスパイスを効かせる人物として、それこそシブい存在感を発揮しました。

野村さんの二つの顔、――作家予備軍と『サンデー毎日』編集部員、その両方において縁のあったのが、『サンデー毎日』出身作家でありながら、忙しいなか援助を惜しまず後輩たちと付き合っていた海音寺さんです。

和田芳恵さんは回想しています。

私たちは仲間といっしょに「波の会」という親睦の集まりを続けてきた。最初は、敗戦後、四、五年のころ、「下界の会」というのを作った。
私はそのころ、海音寺潮五郎のところへ、よく出はいりしていた。（引用者中略）
下界のメンバーで、海音寺宅で気心を、よく知りあっていた杉森久英、野村尚吾などが安い料金で飲み屋の部屋を借り、海音寺潮五郎を囲んで、歴史や文学の話をした。（一九七八年六月・文藝春秋刊　和田芳恵著『雪女』所収「自伝抄」より）

第四十七回（一九六七年・上半期）、その野村さんが、はじめて直木賞の候補になります。作品は『乱世詩人伝』。はっきり言って地味な小説なんですね、これが。

選考会には海音寺さんもいて、選評でも褒めてくれたのですが、この回は「下界の会」の仲間、杉森久英さんの『天才と狂人の間』も候補に挙がっていて、受賞はそちらに持っていかれました。

しかし『天才と狂人の間』が派手だったかというと、これもまた「コツコツ調べました」型の作品で、杉森VS.野村、まさに直木賞お得意の、地味合戦、といった様相でした。

直木賞の方は、大衆小説にあたえられるのがたてまえだったはずだが、こんどの場合など選考経過を見ると、娯楽性の上ではずっと上の結城昌治のスパイ小説「ゴメスの名はゴメス」がはやくから落ち、賞はやはり純文学的な野村尚吾の小説「乱世詩人伝」と、杉森の作とのあいだで争われた。世上「純文学変質説」がとなえられ、どこを見ても男と女がヒッついたというような、型どおりの娯楽作品が多い。地味な小説への受賞には、そういう風潮にたいする選考委員たちの反撥が、あらわれているのかも知れない。（『自由』一九六二年九月号　無署名「自由の眼　芥川賞と直木賞の間」より）

直木賞って、ほんと地味なものが好きなんですよね。見かけによらず。野村さん二度目の候補作となったのが『戦雲の座』（第五十回　一九六三年・下半期）、こいつもまた、娯楽性から遠く離れたシロモノで、何をどう楽しんでいいのやら、能天気な読者としては困ってしまう小説なんですが、海音寺さんはこれを（これも）ぜひ受賞作に、とゲキ推ししちゃうのです。

誰も書かない時代、誰も書かない素材――しかも日本歴史中最も重要なものの一つ（このような時代、このような人物の働きの積み重なりがなければ、豊臣秀吉は出現しないのである）に、正面からとりくんで、これまでに仕上げた作者の働きを、ぼくは最も高いものに買った。すぐれた気魄と筆力がなければ出来ることではないのである。ぼくはこの人にもらってほしかった。委員各位もそれぞれ買ってはいたが、三人授賞の先例はないというので、いたし方はなかった。選考会あって二日後の今夕に至るまで、痛恨癒えがたいものがある。(『オール讀物』一九六四年四月号　海音寺潮五郎「痛恨深し」より)

きっと海音寺さんは、野村さんに才能があるとか、『戦雲の座』が大傑作だとかは、思っていなかったでしょう。作家としての地位はまだ確立していないが、磨けば光るはずの人、と見て推奨したんだろうなと思います。

ほんとうは直木賞以外にも――たとえば小説新潮賞あたりの文学賞が、同じくらいの威力をもって、出版界、編集者たち、読者たちに「受賞」効果を感じさせる賞であったら、また違ったんでしょうが、このあと『戦雲の座』以上に地味な存在だった小説新潮賞が、この作品に贈られてもなお、野村さんは、小説を書く人としてより、「元編集者」「地道にこつこつ物を書く人」として歩むことになりました。

もしも野村さんが直木賞受賞者になっていたらなあ。いろいろな方面から原稿の注文も来たでしょう。和田芳恵さんのように、もっと戦前・戦後の文壇のことを書きのこす機会も増えたんじゃないでしょうか。「痛恨癒えがたい」と悔しがった海音寺さんの深みある感想には、もちろん全然及びませんが、ワタクシとしてもちょっと残念です。

受賞すれば売れっ子作家の仲間入り
マイナー感を失わない受賞者、登場!
——熊谷達也について

まったくねえ。ちょっと今日は愚痴でも聞いてくださいよ。

「今日は」じゃなくて「今日も」でしょ?　だなんて、人聞きの悪い。まあ、直木賞オタクは基本、虐げられた世界にいるので、自然とヒガミっぽくなるんですけども。

二〇〇八年三月十六日。熊谷達也さんの名前が、珍しく各新聞にいっせいに登場しました。見出しだけ抜き書きしてみます。こんな感じです。

「直木賞作家・熊谷さんが無断使用　集英社　抗議受け連載中止」（『東京新聞』）
「長倉さんの表現を直木賞作家が盗用　小説の連載中止」（『北海道新聞』）

その他、朝日も読売も毎日も産経もすべて、このニュースを載せました。全紙そろって本文では「直木賞作家の熊谷達也さん」と表現していました。

何なんすかあなたたちは。ひどすぎますよ。よってたかって、直木賞だけイメージダウンさせようとして。

……って被害妄想ですか、そうですか。ならば言い換えます。熊谷さんがこれほどニュースに取り上げられるなんて久しぶりです。その絶好の機会に、ほとんど無視される山本周五郎賞。可哀そすぎますよ。山周賞は直木賞と同じくらい、いやそれ以上にイイ仕事しているじゃないですか。もっと宣伝してあげてください。

などと、ワタクシがほざくまでもなく、熊谷さんの『邂逅の森』は、山周賞と直木賞、二つの賞をとった作品です。この二つは、かなり似通った作品を対象にしているせいで、しばしば比較して語られますが、なかで一例しかない『邂逅の森』はどうも例外扱いされて、たいてい無視されてしまうという不遇な運命を背負ってきました。

たとえば、何でもざっくりと分類しなきゃ気が済まない（そしてそれ以上のことは面倒くさいからやらない）人種は、「直木賞はシリアス系、山周賞はファンタジー系」と言ったりします。「山周賞は、直木賞より数年前に新進作家を見出していて先見性がある」と解説する人もいます。「直木賞は山周賞と違って、作家渾身の傑作を落選させる。そして次の小粒な候補作のときに、ようやく受賞させるノータリン」と糾弾する声もよく聞きます。以上ぜんぶ、熊谷さんの場合には当てはまりません。

読書子から絶大なる（？）信頼を得ている山周賞と、同じ作家、同じ作品を評価したなんて直木賞。えらいじゃん、見直したぞ！　……みたいな絶賛の声が挙がってもよさそうなものですが、ワタクシはあまり聞いたことがありません。

ここでワタクシは思うのです。「史上初の直木賞・山周賞ダブル受賞」が、熊谷さんじゃなくて、伊坂幸太郎さんだったたら、どうだったんだろう。宮部みゆきさんや森見登美彦さん、道尾秀介さんだったら。もっといろいろ盛り上がっていたんじゃないだろうか、と。

山周賞も直木賞もけっこう注目される文学賞です。それがダブル。さあ、文学賞らしい軽薄な騒ぎが二重に三重にわきおこるぞワクワク、と期待したんですけど、熊谷さんのような「売れない作家」の場合だと、まるで心を動かされる人が少ないらしいんですね。

熊谷作品は、ともかく最初から売れなかったみたいです。作者ご自身が語っています。

――（引用者注：山周賞・直木賞をとる前の）ここ一、二年すこし気持ちが晴れない部分があったと聞きました。

熊谷　思ったように売れてくれなくてね。自分なりにある程度納得できるものは書いてはいるんですけど、売れない。（引用者中略）ちょっともどかしさがありました。（『小説すばる』二〇〇四年十月号「ロング・インタビュー　『ウエンカムイの爪』から『邂逅の森』に至るまで全作品を語る!!」より　―聞き手：池上冬樹）

では、二つの賞をとった後はどうなったのか。というとこれまた、熊谷作品の「売れない」傾向に変わりはなかったという。

熊谷　（引用者中略）マイノリティーの世界は好きですね。まあ、だからあまり本が売れないのかなとも思いますが、でも、ほかの人が書けるようなものを私が書く必要もないですし、これからも自分にしか書けないものを書いていきたいですね。（『産経新聞』二〇〇六年二月一日「話の肖像画　自然と向き合う文学（8）作家・熊谷達也さん」より　―聞き手：松本健吾）

そんな売れない傾向の作品を賞に選んで、創作活動の後押しをしてあげた山周賞と直木賞。ほんと素晴らしい事業じゃないですか！　どっちも。

・・・

「動物小説」「自然派小説」「民俗小説」「東北文学」……。熊谷さんの作品は、こんなふうに呼ばれてきました。チャラチャラした、サッと読んでサッと忘れられる小説とは一線を画しています。

あるいは、ミステリーやSFみたいに熱狂的（妄信的、とも言う）な信者が群れをなすジャンルにも属していない。それもまた、直木賞受賞者のなかで地味な扱いを受けてしまう理由かもしれません。

熊谷さんは少年青年時代、大のSFファンだったらしいです。『SFマガジン』の小説コンテストをはじめ、日本ファンタジーノベル大賞や日本ホラー小説大賞に応募。しかし、そういったチャラチャラした（……失礼）ファンタジー系の賞はすべて落ちまして、けっきょく「ウエンカムイの爪」で小説すばる新人賞を受賞し、作家デビューを果たしました。

インタビューやエッセイによると、熊谷さんは自称、バリバリの「あまのじゃく」だそうです。直木賞をとった直後『オール讀物』に寄せた自伝エッセイのタイトルも、「わがままであまのじゃく」と、そのまんまでした。確実にニーズがあることがわかっている流行りの路線ではデビューできず、けっきょく重厚・ネイチャー・地味な、極北の世界に生きる場所を見つけ、「人気」や「新奇」や「華々しさ」から遠いところへと好んで進んでしまう、もうこれをあまのじゃく、と言わずとして何と言いましょうか。

山周賞もとって直木賞もとる。ひとつの作品で一挙に二冠。にしてマイナー作家。どう見たってオンリーワン。

・・・

売れない売れない、とやたら繰り返すのも忍びないんですが、熊谷さんの売れなさは筋金入りです。最近の直木賞受賞作のなかで、『邂逅の森』の売れ行きの悪さはトップクラスを誇っています。

二〇一〇年十一月二十四日『朝日新聞』に「崩れゆく「壇」の権威　画壇も文壇も楽壇も芸術院、嫌気さす逸材も」っていう記事が載りました。ここに第一三〇回（二〇〇三年・下半期）～第一四三回（二〇一〇年・上半期）の直木賞作品の発行部数が紹介されています。『邂逅の森』に敬意を表しまして、少ない順に並べてみたのが、こちらです（部数は単行本）。

熊谷達也『邂逅の森』（第一三一回）…八万部
井上荒野『切羽へ』（第一三九回）…九万部
朱川湊人『花まんま』（第一三三回）…十万部
北村薫『鷺と雪』（第一四一回）…十万部
森絵都『風に舞いあがるビニールシート』（第一三五回）…十一万部
佐々木譲『廃墟に乞う』（第一四二回）…十一万部
中島京子『小さいおうち』（第一四三回）…十一万部
三浦しをん『まほろ駅前多田便利軒』（第一三五回）…十二万部
松井今朝子『吉原手引草』（第一三七回）…十二万部
京極夏彦『後巷説百物語』（第一三〇回）…十四万部
白石一文『ほかならぬ人へ』（第一四二回）…十五万部
桜庭一樹『私の男』（第一三八回）…二十二万部
角田光代『対岸の彼女』（第一三二回）…二十四万部
山本兼一『利休にたずねよ』（第一四〇回）…二十五万部
天童荒太『悼む人』（第一四〇回）…三十万部
江國香織『号泣する準備はできていた』（第一三〇回）…三十二万部
奥田英朗『空中ブランコ』（第一三一回）…三十七万部
東野圭吾『容疑者Xの献身』（第一三四回）…六十五万部

「史上初の直木賞・山周賞ダブル受賞」の看板が、まるで売上に結びついていません。思い知ったか文学賞、って感じで、気持ちいいですね。

ここまでくると、熊谷さんの「あまのじゃく力」――世間の流行に背を向ける力は、ほんものなんだな。と思ったりするわけですが、さすがにそれはこじつけなので、聞き流してください。

ともかく、熊谷さんのダブル受賞は、文学賞って本をドカッと売るのが本業じゃないんですよ、ってことを明瞭に思い起こさせてくれる、恰好のサンプルだと思います。当たり前といえば当たり前です。でも、「文学賞のなかでも、とくに直木賞は宣伝効果もバツグンだから、受賞作ともなれば代表的な人気商品だよね」などと直木賞の一面しか見ないような人は、そういう当たり前の風景は、目に入らないんでしょう。印象に残るのも、話題になった直木賞ばかり。だから将来、あなたの好きな直木賞受賞作は？ みたいなアンケート企画があったとしても『邂逅の森』を挙げる人、少ないんだろうなあ、いい小説だけどなあ。……と、最後まで愚痴。

決めるのは偉い先生がた

世間からツッコまれる愛すべき選考委員

——林真理子について

渡辺淳一さん亡きあと、直木賞ファンたちの期待を一身に浴びることになった選考委員、林真理子ねえさん。これからますます、そのカタキ役ぶりに磨きをかけていってほしいと願います。

いや。すでに就任わずか十四年にして、直木賞選考委員としての激戦（世間からの非難、苦情、ツッコミ）は数知れず。直木賞ってじつは大したことがない、っていう評価……つまりは真の姿を一般に広めたその功績は、ほかの誰にも及びません。

いまさら言うまでもなく、直木賞は昔から（創設から絶えることなく現在まで）商業小説界のなかの一傍流に過ぎません。だけど一部の（ほんの一握りの）受賞者がのちに活躍した、というところだけにやたら注目する輩がいて、直木賞はスゴいもの、みたいな無責任で偏見に満ちた感覚を言い募ってきたせいで、文学賞になど何の興味もない純真で真っ当な人たちまで、それを鵜呑みにしてしまったきらいがあります。

そのうち、「直木賞をとらなければ作家にあらず」みたいなトンデモな小説観をもつ人まで生まれる始末。そんな異常に膨れ上がった虚像としての直木賞の場に出現したのが、モンスター作家、林真理子さんなのだ、という指摘が正しいのかどうかはさておき、直木賞って別に高尚なシロモノじゃない、とみんなに思わせることで、その虚像をガシガシと壊していく革命家、破壊者でもあります。現在進行中です。

直木賞の選考委員にも就任し、私生活では一女の母にもなった林真理子は、いまや押しも押されもせぬ大文化人です。若い女の行儀の悪さを叱り、豊かな私生活を誇示し、皇室への親近感を示す。階層移動の成功者が保守反動化するのは自然の流れというべきでしょう。お城の女主人になってしまったシンデレラにとって、なにより大切なのは城を守ることであり、なにより警戒すべきは次の革命が起こることです。あらゆる革命家の、それが宿命である以上、戦いは一生終わらない。（二〇〇二年六月・岩波書店刊　斎藤美奈子著『文壇アイドル論』「林真理子　シンデレラガールの憂鬱」より）

と、林さんが直木賞選考委員になって一年後ぐらいに、斎藤美奈子さんは書いていました。自分の城を守りながら戦いつづける、という見方からすれば、まさにいま、林さんが毎度の直木賞でやっていることは、（ご本人に自覚はないでしょうが）そういうことでしょう。直木賞はスゴいよ、これをとれるのは真の作家だけなんですよ、と林さんがことさら強調して言い続けても、逆に直木賞はスゴくないんだな、と思う人が増えてしまう。さすが革命児、林真理子さんだ、と感心感嘆するほかありません。

林さんが、直木賞（の威光）をいかに大事にし、信頼し、守ろうとしているか。これは、なにしろ口の減らない、という得難い特質をもった林さんのことですから、とにかくいろんな場面で発信してきました。選評、対談、インタビュー記事、エッセイ……。あまりに大量すぎてゲップが出るほどです。とりあえず、ここではひとつだけ引用しておきます。


今を去ること十五年前に、私は直木賞をいただいた。世の中に文学賞はいっぱいあるけれど、いちばん有名な賞で、これを獲るのと獲らないのではやっぱり作家として全然違う。その時はすごく若い受賞ということに加え、私のキャラクターもあり、あれこれ書かれた。「話題づくりのために受賞させた」なんていうのはいい方で、もっとひどいのになると、

「あんな女に獲らせて、直木賞の権威が落ちた」

とまで言われたわ。

私は世間で思われているほど勝ち気でもなければ、闘争心もあるわけではない。どちらかというと、当時はぼんやりとした、怠け者の女だった。が、あんまりいろいろ言われるのですっかり頭にきた。そりゃ、そうでしょう、直木賞を目標に一生懸命小説を書いてきたんだから。（二〇〇一年九月・マガジンハウス刊　林真理子著『美女入門 PART3』「勝ち気なH」より）

いったい「あんな女に獲らせて直木賞の権威が落ちた」などと言った人たちの気が知れませ

ん。「直木賞の権威」って何すか？　それの、何がありがたいんですか。ほんとうに直木賞に権威を求めている人など実は少数派で、やっている人や見ている人の大多数は、これがあると楽しいから続けていけているんじゃないんですか。一級の娯楽、とでも言いますか。

そして娯楽的な要素からすれば、林さんの受賞は、一級も一級、盛り上がりの頂点みたいな受賞でしたから、まさにあげるべき人にあげた、というのが最も正確な表現でしょう。直木賞ファンとしては、この人がとってくれてよかった、と心底思います。

林さんの場合、その後、勤労意欲の維持によって小説を書きつづけ、しかも「反骨」などとは縁遠い性格の持ち主であったことから（たぶん）、賞の選考委員の要請があればどんどん引き受けちゃう腰の軽さ。もちろん、子供のころから小説好きで、みずから小説家として長年やってきた自負もある上に、とにかく一生懸命、真剣に仕事に取り組む人（のよう）です。別に文学賞の選考委員は、慧眼の士しかやってはいけない職務じゃないし、むしろ林さんがいろいろな賞の委員になって、行く先々で問題を起こし、騒動の火種となる（あるいは中心で燃やす役割を担う）のも、林さんに魅力がある所以（ゆえん）ですから、注目を浴びて輝きを増す「文学賞」という事業にとっては、ぴったりの存在と言えると思います。

たとえば、林真理子・選考委員事件史のひとつを飾る、華々しい「バトル・ロワイアル」事件などもそのひとつです。日本ホラー小説大賞の最終候補作だった高見広春『バトル・ロワイアル』を、林さんたちが落とし、のちにこの作品が出版される際に、「落とされた」ことが大きな宣伝材料として利用されました。

大手の出版社の賞において、権威ある選考委員たちは、その内容の凄まじさに、腰を抜かしておじけづいた、という風に話はつくられていった（引用者中略）。話はどんどんひとり歩きして、いつのまにか私が標的になった。「わからんちんの女の選考委員が、難クセをつけたために落選した」

という話がいつのまにか出来上がっていったのだ。（引用者中略）いかにも時代遅れでＰＴＡ的な女性選考委員像がつくり出されている。これも本を売るためである。（二〇〇五年二月・文藝春秋刊　林真理子著『夜ふけのなわとび』所収「わからんちん」より）

本を売るため、ってこともあるでしょうが、要はみんな、そういうストーリーが好きなんですね。「偉い人たちの嫌悪したものが、世間的にはウケて大ヒット」みたいな。そして、こういうとき、だいたい悪者にされてしまうイジられキャラ、林真理子。かわいすぎます。受賞させる、させないは、林さんひとりの責任ではないでしょう。横山秀夫さんの『半落ち』が直木賞で落選したのだって、林さん（ひとり）のせいではありません。ところが何というか、その後の選評をはじめ、林さんの発言からニジみ出る能天気な感じというか、言葉足らずな放言というか、そういうところが、多くの人の心をくすぐった挙句、炎上へと発展したりします。

林さん自身も言っています。自分は選評を書くのが、あまり得意ではない、と。

文学賞の選考委員が書く「選評」というのもはっきり言って苦手。候補作を何作か読み、選考会の席上で論議をする。すると私の中でそのことは全く終了したこととなり、頭からすっぽり抜け落ちてしまう。テンションはいっきにゼロだ。それなのに忘れた頃、
「ハヤシさん、選評を」
ということになる。私は書くことと同じように、他の人の本を読むのは大好きなのだが、「選評」には本当に苦労する。（引用者中略）
要するに私は、緻密さというもの、自分の成し終えたものをもう一度検討するというねちっこさがまるでないのだ。いや、その前にもあまり検討しようとせず「とりあえず」とか「この場では」といういい加減さが先行しているような気がする。（二〇〇三年三月・文藝春秋刊　林真理子著『旅路のはてまで男と女』所収「めんどうくさい」より）

いいですね、緻密さを欠いた選考委員。とくに、注目度の高い直木賞などでは、うってつけの人材だと思います。

直木賞は、はなから華やかさに欠ける存在です。そこで、ツッコミどころ満載の選考をしてもらい、また選評を書いてもらうことで、「何だ、今回の直木賞は！」と血管に筋立てて声を荒げる観客を誘発。それを文藝春秋がほくそ笑みながら「話題の受賞作だ」「議論を呼んだ受賞だ」などとはやし立てるという、何とまあ馬鹿バカしくて、楽しい行事でしょうか。

と、林さんが振りまいてきた爆発促進剤は、直木賞でも数多くあります。そのひとつが、『半

落ち』のときに見せた、「なんでこんな小説が売れるのか、作家たる私には、理解できないわ」のお言葉でしたが、その落選を受けるかたちでつくられた本屋大賞、あるいは本屋主導の小説

…評価に対して、思いっきり毒づいた一件もまた、忘れることはできません。

二〇〇七年一月。商業小説界における書店（および書店員）の持ち上げられ方が尋常じゃなく高まり、メディアでは、「本屋大賞は売上の面で直木賞をしのぐ賞になった」と言われ（ちなみに、いまでも、この言葉は新鮮味をもって言われつづけ、直木賞関連常套句に仲間入り）たりしていた頃、林さんも往年のコピーライター魂に火がつき、こういうものを「サークル小説」と命名。しかしまったく流行することもなく、すぐに忘れられていったという、あの時期のことです。

なにせ、ナントカのブランチやら書店ＰＯＰやらでがんがん宣伝されて、次の本屋大賞ではかなりイイ線いくはず、と噂されていた（のかな？）佐藤多佳子『一瞬の風になれ』が、第一三六回（二〇〇六年・下半期）直木賞の候補になったのです。林さんもついつい苦手な選評に、作品評とは関係のないことを書かざるを得ませんでした。

最近の出版界の状況に、かすかな異和感をおぼえるのは私だけではあるまい。若い作家たちが、単に小粒になった、というのではなく、志が別のところにあるような気がして仕方な

いのである。

そんなある日、映画監督の周防正行氏のコメントを新聞で読んだ。周防氏はこう語る。以前の映画というのは、監督が自分の全存在をかけて社会に向けて発していくものであった。が、最近の映画は、監督が自分のセンスに合った観客だけ得ればいいという、非常にサークル的なものになっていると、正確な表現ではないかもしれないがそんなことを述べていらした。これを小説の世界におきかえても、非常に正鵠（せいこく）を得ているのではないだろうか。

小説家のサークル化に、若い書店員が後押しをし、それは組織化され、巨大化されていくようである。

「それに何の文句があるのだ。若い読者がたくさんついているのではないか」

という意見もあるだろうが、サークル小説はやはりサークル小説である。（『オール讀物』二〇〇七年三月号　林真理子「サークル化」より）

若い作家、若い書店員、などと具体的な指摘なくして大枠でくくってしまおうとするところが、すでに単なるバアさんの繰り言、の匂いを発しています。ただ、こういった繰り言が、それこそ林さんが「若かった」時分に名を挙げたエッセイストとしての持ち味でもあったので、いまに始まったハナシじゃありません。えっ、第一三六回の候補作、全部楽しんで読んでしまったオレは、若くもないし、いったいどーすりゃいいんだあ、と当時のワタクシは頭を抱えてしまいましたが、ああ、林さんの言うことだしな、と思って翌日にはすっきり立ち直りました。

立ち直ったんですが、直木賞の予選を担当する文藝春秋の編集者たちは、根っからのイジワルですから、次の回も林さんの違和感をさらに広げる候補作を仕込んできます。のちに本屋大賞上位の常連になる万城目学さん、森見登美彦さん、この二人を選考会に送り込んでしまいました。なかなかのイジワルさです。

書店員が後押しし、組織化され、巨大化されていく、といってその代表的存在と言ってもいいのが森見さんだったわけですから。

このところ目につくのは、書店員による手書きフリーペーパーだ。（引用者中略）京都市在住の若手作家・森見登美彦のファンタジー小説『夜は短し歩けよ乙女』には、紀伊国屋書店、三省堂書店など、書店の垣根を超えた〈応援ペーパー〉（A４判２ページ）が作成された。（『読売新聞大阪版』二〇〇七年三月八日夕刊「手帳　書店員の手書きフリーペーパー」より）

いっぽうで出す小説、出す小説、本屋大賞では箸にも棒にもかからず、第六回の二〇〇九本屋大賞で『ＲＵＲＩＫＯ』が一次投票七・五点（順位では七十三位）になったのが最高、という「若い書店員」に愛されない女、林真理子さんが、第一三七回（二〇〇七年・上半期）に書いた選評が、こちらになります。もちろん「若い人」「若い作家」っていう表現も出てきますよ、乞ご期待。

今若い人に人気の万城目学さんの「鹿男あをによし」、森見登美彦さんの「夜は短し歩けよ乙女」は面白いことは面白いのであるが、途中からいっきにだれていく。他の選考委員から「ゆるい」という表現が出たが、この緩みは何だろうと考えると、作品と著者との間の緊張感が希薄なのだ。読み手よりもまず書き手が楽しんでいるのは、最近の若い作家によく見られる傾向である。自分が真先に面白がり楽しんで、この輪の中に入ってくる読者だけを迎え入れる。「夜は短し歩けよ乙女」は、ギリシャ神話を彷彿とさせるような清新さに最初はハッとするものの、最後まで一本調子が抜けない。作者が〝これでよし〟と思う気持ちが強過ぎるからだ。（『オール讀物』二〇〇七年九月号　林真理子「まさにプロの技」より）

しまった、『夜は短し歩けよ乙女』を面白く読んでしまい、ひそかにこのまま直木賞もとらないかなあ、などと期待をしていたオレが浅はかだった、とその晩は後悔の念で過ごしたんですが、ああ、林さんの言っていることだからな、と気持ちを切り替えて……って基本、直木賞はその繰り返しですね。

こういった直木賞の楽しみ方に、欠かせない存在となった選考委員の林さん。当然、これからもますます、ワタクシたちを身もだえさせてくれるような選評を書きつづけていってくれることでしょう。悪役の宿命とも言える、外野からの「早くやめろ、早くやめろ」コールはやむことはないかもしれませんが、死ぬまでその椅子にしがみついて、得意の繰り言を発しつづけてほしいです。

4

とらなかった作品のほうこそ、直木賞って面白い。

現実

対象になるのは当然、小説
随筆っぽくて何が悪い
――石川桂郎『妻の温泉』について

当然といおうか運よくといおうか、直木賞の候補作のなかには、ワタクシの好きな小説がたくさんあります。そのほとんどが、受賞しなかった作品だったりします。

石川桂郎さんの『妻の温泉』（一九五四年七月・俳句研究社刊）もそのひとつです。好きです。おすすめです。

とかいって調べてみたら、石川さんの小説、軒並み絶版なんですって？　一九七三年の読売文学賞［随筆・紀行賞］受賞作『俳人風狂列伝』（一九七三年十月・角川書店刊）からして、新刊の書店ではお目にかかれないというありさま。どうなっているんだこの世界は。二〇一一年に烏有書林が『剃刀日記』を復刊してくれたおかげで、世をはかなんでビルの屋上から身を乗り出すのは思いとどまりましたけど、『妻の温泉』が、古書マニアたちが狭い世界のなかでニタニタにやつきながら取り引きするだけの、悲しい運命におちいっている、と知ってからは、毎日ため息つきながら暮らしています。

それはそれとして、石川さんの『剃刀日記』にしろ『妻の温泉』にしろ、こりゃ随筆だ、いや純然たる小説だ、と議論を引き起こしたらしいんですが、読んでみるとそれも納得です。見た目まぎれもなくエッセイの面構え。でも、虚実の境が一定しない嘘つき桂ちゃん、どこまでホントでどこから創作か、よくわかりません。

水原秋櫻子さんによりますと、石川さんという人は、

誰も知るように、石川桂郎君は奇行で名高い人であつたが、その奇行と語りつたえられているものが、本当の話であるか、或は多分の創作が加えられていて、追究して行くと泡沫のように消えてしまうものか、そこのところがよくわからない。（引用者中略）いろいろ綜合して見ると、どうも創作の方が多くて、真相は平凡のことであつたようだ。しかし主人公が桂郎君となると、まんざら嘘でもないような気がして可笑しいのである。（『俳句』一九七六年三月号　水原秋櫻子「朝凪の舟唄」より）

ってことだそうで、こういう人物の生み出す文章が、随筆の態をなした随筆ならざるもの、になってしまうのは想像できます。

ここで偉かったのは、俳句仲間だった石塚友二さんです。「むむ、こやつ、ふだんの話術がそのまま生きれば、ちゃんとした文章になるぞ」と見抜き、石川さんに散文を書くよう勧めた、というのですから、いまワタクシなぞが石川作品を読んでイッシッシと楽しめるのは、石塚さんの慧眼のおかげかもしれません。

石塚さんはやはり最後まで、散文家（というより小説家）としての石川さんに期待を寄せていたらしく、こう追悼しました。

桂郎は、文筆業者としてよりは、一層色濃い俳人として終つた感がある。これはまた、充分に称へられて然るべき業績を残したことは衆目の視る通りとして、再び、しかし、と私は言ひたい気がするのである。『俳人風狂列伝』以外に、もつと、もつと小説を書いて欲しかつた、と。（『俳句』一九七六年三月号　石塚友二「桂郎のこと」より）

そうか、石塚さんにとっては、『俳人風狂列伝』も小説のひとつだったんですね。読む人によって小説でもあり、また随筆（風）でもある。ここらが石川散文の面目躍如たるところでしょう。もちろん『妻の温泉』も、その面目が全面にヤクジョっています。だからこその直木賞候補作と言ってもよく、ついには直木賞史上にのこる重要な候補作となった。とまで大風呂敷を広げたって許されるかもしれません。

…

随筆の顔をした小説。って文脈で語るときに絶好の作品が、『妻の温泉』の表題作「妻の温泉」です。

小田急沿線のT村（石川さんの家のあった鶴川村を連想させます）に、「私」は家族とともに住んでいます。

田舎も田舎、魚屋など一軒もなく、友人たちが訪ねてきても、振る舞うのは酒ばかり。しかし「私」が自慢して客にすすめるものがあります。風呂です。東京あたりの水道の湯とはちがい、なにか効能がありそうで、「私」は勝手にT村温泉と称していました。

妻は、何でもない風呂だといって、「私」がT村温泉と呼ぶのを嫌がるのですが、じつは妻は、生涯一度も温泉に行ったことがありません。「私」は妻の若いうちに温泉に連れていってやりたいなあと思い、二人で温泉に行った場面を空想します。

と、「私」は雑誌に発表しました。すると、それを読んだ相場さんが、酒の席で、あの話ほんとうですかと切り出してきます。なんなら、自分の社の寮が湯河原にあるから、奥さんを連れて寄越しなさいよ、といった展開になり、「私」はいよいよ、妻を温泉に連れていくという念願を果たすことになるのですが……。

まったく、いかにも愉快な随筆、といった感じの一作なんですが、この小説集の最後には、山本健吉さんによる「跋」があり、こう書かれています。


この文集を読んだ読者は、氏が本当に奥さんを温泉に連れて行つたように思うであろうが、これもフイクシヨンである。氏の筆の巧妙な幻術(まやかし)に引つかかつて、読者がここに書かれてあることを一々事実であると鵜呑みにしないように、一応言つておく次第である。

・・・

小説か随筆か、の話題をわざわざここまで引っ張ってきたのは、その点こそが、直木賞の選考で議論されたことだったからです。

第三十二回（一九五四年・下半期）、これを一人推した小島政二郎さんの、嘆きの選評がこちらになります。

「妻の温泉」「剃刀日記」の中にも、ホンモノのリズムが打つてゐる作品がいくつもあり、「炭」「年玉稼ぎ」などには、ペーソスを持つたユーモアがあつて、石川君でなければ書けないものだと云ふのだが、みんな随筆だと云つて、私の云ふことを通してくれなかつた。直木賞は、随筆だつていいと云ふのだが――。石川君、一つ小説を書いて下さい。（『オール讀物』一九五五年四月号選評「ホンモノのリズム」より）

「直木賞は随筆だっていい」と小島さんは主張します。カッチョイイですね。今どきこんなことを選考会で口走ったら、最近の直木賞しか知らない選考委員たちに、頭おかしいんじゃないの、と眉をひそめられるかもしれないですけど、でも直木賞って本来は、このぐらいは自由だったんだと思います。ワタクシは、自由さをもった直木賞が好きです。

しかし、自由だけじゃなく堅苦しさを併せもっているのもまた、直木賞の楽しいところで（直木賞のこと褒めすぎですけど)、小島さんに対立したのが、随筆色が強すぎる！　といって、消極的な姿勢を見せた委員たち。そのひとりが、あの永井龍男さんでした。

なぜ「あの」を付けたのか。と言いますと、散文家・石川桂郎が誕生するきっかけとなったのは、先に述べたように第一に石塚友二さんがすすめたかららしいんですが、それで『鶴』誌に載った「蝶」を読んで、『文藝春秋』誌に何か書いてほしいと依頼したのが、当時同誌を編集していた永井さんだったからです。

たしかな記憶はないが「炭」と「薔薇」の二編を書き上げ、「蝶」を添えて何か胸の痛む思いで送稿した。どうやら無事永井氏の目を通過したのであろう、三編が文芸春秋の随筆欄に載つたのである(引用者注：『文藝春秋』一九三九年九月号の「剃刀歳時記」)。けれども私は、私の文章などが活字になつて「文芸春秋」に載つたことを怖しく思い周囲の友達にそのことが言えない。

(『俳句』一九六九年二月号　石川桂郎「回想の文学歴遊」より)

この出発点から以後、永井龍男が石川さんに与え続けた影響は多大なものがありました。その永井さんをして、「小説としては自然過ぎ、純粋過ぎるという感じを持った」と選評に書かせてしまう直木賞。やはり、その随筆っぽさが引っかかったんだと思います。

でもさ。冷静に考えたらおかしいじゃないの。なんで直木賞を授賞する作品は、小説でなきゃいけないんすか。……っていうテーマは、『妻の温泉』からこっち、たびたび選考会で議論に上がることになりました。

山口瞳「江分利満氏の優雅な生活」(第四十八回)、田中穣『藤田嗣治』(第六十二回)、佐木隆三『復讐するは我にあり』(第七十四回)、色川武大『怪しい来客簿』(第七十七回)などなど。絶対小説でなきゃならないと強弁するもよし、範囲を広げようぜと懐の深さをみせるもよし、結論はどっちでもいいんですけど、ときどきは「これって小説か?」と言われるスレスレのものを候補作に選ぶことで、議論を見せてくれることが、何より楽しいことです。

明らかな小説ばかりを候補にして明らかな小説に授賞する。何とまあ刺激のないことでしょうか。そう考えたとき、『妻の温泉』みたいなシロモノを候補にしちゃった当時の文藝春秋新社社員が、もしいまワタクシの目の前に現われたら、思いっきり抱擁したいです。

落選理由は選評で公表される

オトナな事情で、歯切れの悪い選評も

――葉山修平「日本いそっぷ噺」について

第四十回台前半（一九六〇年ごろ）の直木賞は、推理小説たちの暴れっぷりが強烈すぎて、ワタクシなど、そのことに目が眩みます。

どれくらい強烈かといえば、「推理小説では直木賞はとれない」なんちゅう、例の有名な法則が広く拡散してしまうぐらい、ソレ系の小説がたくさん候補に挙がりました。

なぜ推理小説ではとれないのか。いちおう、人間が描かれていないものは文学と呼べない、っていうことになっています。そして、文学でないものに直木賞はあげたくない、と駄々をこねる選考委員はいつの時代にもおりまして、それが「何が文学だ、カッコつけちゃって」と周囲から失笑される要因にもなってきたんですが、もうひとつ失笑を買うのは、口では文学文学と言いながら、結局、文学性の有無（濃淡）で授賞を決めた回ばかりじゃないからです。

たとえば、第四十三回（一九六〇年・上半期）の選考など、いま見れば相当ムチャクチャです。

候補作の「錯乱」は大して評価していないのに、池波正太郎さんに受賞させ、売れ線の軌道上にいた推理小説ジャンルの三人衆、水上勉、黒岩重吾、佐野洋を、そろって落とす。だけで

なく、葉山修平「日本いそっぷ噺」を、あっさり落としちゃっています。

いや、あっさりじゃなかったかもしれません。

もしも直木賞が、文学性を基準に選考をしていたら、受賞したのは、おそらく「日本いそっぷ噺」だったでしょう。

じっさいは違う結果に落ち着きました。なんでこの作品に受賞させなかったのか。まずは以下の選評（『オール讀物』一九六〇年十月号）を読んでみてください。


さて、では今回は僕はどれを切り札にしたか。第一「日本いそっぷ噺」（葉山修平）である。ところがこれは如何にもワイセツである。そこで部数の多い公刊物にはどうかと思っていると果して二三の委員からその点で抗議が出た。やむなく除外したが、この作者を是非見守り度い。（木々高太郎「努力賞では不満」より）

「日本いそっぷ噺」は人間もよく描けているし何よりも生命で充実していた。あくどいところはあるが、ほんものであった。（引用者中略）「日本いそっぷ噺」は、同人雑誌以外には発表され得ない社会的障礙がある、現代では、直木賞のみならず他の賞の場合も失格するだろう。残念だが目をつぶることに成る。（引用者中略）「日本いそっぷ」は文学で、手腕、確かである。（大佛次郎「豹変記」より）

うまい、といえるのは葉山修平氏の「日本いそっぷ噺」だが、ほかの材料を扱った作品に期待したい。（村上元三「推理小説への疑問」より）

もっとも小説らしい小説としてそのてん「日本いそっぷ噺」にたいへん感心した。文章が上手である。構成もいい。こうまで男女の露醜を文字にしなければこれが書けないかという描写力への非難もあったが、私はこんどの全作品中の首位に推してもいいほどにこれは高く評価していた。けれどべつな問題がある。作品の可否とはべつに直木賞として挙げ難い危惧があった。（吉川英治「自愛を祈る」より）

理解できましたか？　やたら文学性は評価されています。しかし、どうもそれ以外に重大な「問題」があったらしいんですね。もうそれは、文学性があるとかないとか、カッコつけて人サマの作品を批評していたはずの選考委員が、急にむにゃむにゃと言葉を濁してしまうような、「作品の可否とはべつ」の問題が。

・・・

「日本いそっぷ噺」の主人公は初江。「菊乃屋」で、客をとる商売をしている妓です。ある日突然、おかみから、しばらく客をとらなくていい、そのかわり外出も許さない、と言い渡されます。軟禁状態です。初江は、なぜ自分がそんな扱いを受けるのか見当がつきません。数日たって、ふたたび客をとることになります。初江についた客は、はじめて見る男。しかし、ふだんの客層とは様子が違います。

男は、意外なことを語りはじめました。ここ数日、地元で話題になっているH寺O堂から火が出て焼け落ちた事件についてです。

この事件は、放火であり犯人の目星もついた、と男は言います。容疑者は、H寺の雑役夫、十八歳の山木徳一……。初江が軟禁される直前に一夜をともにした客でした。

焼失の時間からすると、どう考えても、その夜、初江といっしょにいた山木が犯人のはずがありません。山木自身も、容疑者扱いされて、まっさきにアリバイを主張したと言います。

しかし、じつは男――岡田剛が初江の前にあらわれたのは、初江に「山木など知らない」と証言するよう説得するためだったのです。放火の真犯人は別にいる、しかし真相が明るみに出るのはH寺やその関係者にとってまずい。それで、山木を犯人に仕立てる計画となったのです。岡田は、初江を懐柔しようと試みます。

山木を犯人にしてしまうのが、万事うまく運ぶ策でした。なぜなら山木は、S部落の出身者。地元で謂れのない強硬な差別を受け続けている未解放部落の青年だったからです。

それを聞いて初江は戸惑います。あの青年が部落出身。そうと聞くまで気づかなかったほど、彼はほかの人たちと何ら変わりがなかったのに。……ありのままの事実を貫くか。それとも「世間」からの説得を受けて、ウソの証言をするか。初江は悩みます。……

・・・

男を客にとる妓にまつわる話ですから、多少、性的な表現は含んでいます。しかし目くじらたててワイセツだ、と主張するほどのものでもありません。

作者である葉山さん本人も、別にワイセツだったから落ちた、とは思っておらず、その辺の経緯について知ったかぶりする（ワタクシのような）外野の人間を、ちょっと揶揄ってみせたりしました。

「日本いそっぷ噺」は「新潮」編集部の依頼で書いたものだが、テーマが微妙な未解放部落に関わるものであったため、別のものを求められた。これは（引用者注：同人誌の）「花」に発表したあと、ある文学賞の候補になったが、やはり未解放部落問題のため見送られた。「ワイセツか芸術か」という議論を生んだと、ジャーナリスティックに後に書き立てられ、事典などにも〈ワイセツ性が強いために……〉との記述などもあるが、あれは誤りである。世の事典執筆者などが、いかに忙しい仕事であるか、改めて思い知らされたということになろうか。ついでだからいっておけば、「小説新潮」（一九六〇・一二）の「文壇クローズアップ」で、平野謙が四頁（引用者注：実際は三頁）に亘って詳細にこれについて論じてくれている。これは生涯の嬉しい文章となっている。（一九九二年五月・東銀座出版社刊『太郎冠者』所収「わが青春の街」―初出『冬扇』六号・特集「わが町」［一九八一年十月］より）

と、葉山さんの文章に出てくるのが、平野謙さんです。解説してくれています。

問題は、エロではなくて、その作品が部落民と放火事件とをひっかけて、いわば権力がわのデッチアゲを取りあつかっている点にある。選考委員たちはワイセツ罪を考慮したというより、むしろ部落解放同盟などに遠慮した形跡がある。大仏次郎の選評は、明らかにその問題をさして「社会的障礙」といっているのである。（『小説新潮』一九六〇年十一月号「文壇クローズアップ　表現の自由の一ケース」より）

まさしく。作者の葉山さんは前年にも『異形の群』（一九五九年八月・東西五月社刊）という長篇小説を出していて、これも「部落」問題を扱ったもの。世間じゃ「部落」に対して無根拠きわまりない差別が横行しているぜ、ひでえよなあ、どうなっちゃってるんだ、って問題意識が葉山さんにはあり、「日本いそっぷ噺」もそのなかから生まれた小説なんでしょう。

平野さんは、この候補作にそれほど高い文学性を認めてはいないようですが、それでも選考委員たちが「文学的に最上位」と認めながら、「作品の可否とは別に、賞はあげられない」と結論づけたのは、まずいよねえ、と疑義を呈しています。この点、平野さんの意見は納得できます。

直木賞の選考委員がそうだというのではないが、部落問題ではまだまだ「さわらぬ神にたたりなし」という考えかたが、ぬきがたい根ぶかさをもって底流しているのではないか。そして、その底流は「天皇制」問題とちょうどウラハラの関係にあるように思える。それを打破するひとつのテスト・ケースとしても、直木賞選考委員たちは、「日本いそっぷ噺」をもっと積極的に支持し、責任をもった方がよかったのじゃないか、と思った。ここにはやや不当に遠慮することによって、かえって俗見にのせられた形跡がないでもない。（同）

直木賞はえらく遠慮しすぎだ、と言っています。直木賞の性格の一端を指摘しているようで、思わずうなずいてしまうところです。

直木賞は昔っから、世間というか、人の目を気にしすぎ、なんですよね。そもそも「直木賞には文学性が必要だ」とかいう、戦前からひきついできた（謎の）お題目からして、そうです。

「大衆文学は低俗だ」
「売れはするけど後に残らない」
「あんなもん文学じゃない」

と見下している純文学系の人たちや、文学に取りつかれた賢い人たちの目を、一方的に気にしているうちに生まれ出た基準のようにしか見えません。要するに、気にしすぎです。

そもそも、だれも君がどんな選考をするかなど真剣に注目しちゃいないんですよ、直木賞君。自意識過剰です。もっと気楽に、自由に、思い切って生きていこうよ。

必要以上に周囲の視線を気にする小心な直木賞像。その姿を浮き彫りにしてくれたという意味で、「日本いそっぷ噺」は、歴史的重要度、満点な候補作だと思います。

同人誌の小説は、一段劣る
面白さを貫くこの名候補作家を見よ
――北川荘平について

それで、推理小説ブームの次にくるのが、同人誌のにぎわいです。『小説会議』や『近代説話』みたいなセミプロたちの活動もありました。『断絶』『文学61』『炎』『暖流』なんて、文学史をたどっていても、まずお目にかからないマイナー系も次々登場しました。百花繚乱です。

商業誌レベルに名の知られた伝統ある雑誌も、ちらほら直木賞の場に出現しました。たとえば、丹羽文雄率いる『文学者』、木々高太郎率いる『小説と詩と評論』、小谷剛率いる『作家』。それに関西同人誌界の雄『VIKING』も忘れるわけにはいきません。

『VIKING』と言えば、富士正晴？　島尾敏雄？　小島輝正？　いやいや、断然、北川荘平でしょう。直木賞視点で見れば。

ワタクシ、告白します。北川作品が相当好きです。

処女作の「水の壁」（第三十九回　一九五八年・上半期　候補）。さすが同時に直木賞と芥川賞の候補になったことだけはあるぜ、読み応えあるなあ。なぞとのんきに構えていたら、「企業の伝説」（第四十

三回　一九六〇年・上半期　候補）はもっと面白い。さらに「企業の過去帳」（第五十四回　一九六五年・下半期候補）、面白さ衰えなし。続く「白い塔」（第五十五回　一九六六年・上半期　候補）も、同人誌作家らしからぬ（？）ストーリーテリングぶり高水準でキープ。

そして、もっと作品を読みたい！　と思っても、これら候補作と併録されているものは別として、どうやら他に単行本化された小説が見当たりません。うわ、うそだ。と愕然たる現実が襲いかかってくるわけです。

だいたい、久坂葉子の全集なんてニッチすぎるもんまで存在するのに、北川荘平の小説集が一九八一年を最後にひとつも出ていないなんて、おかしいでしょ。などと引き合いに出すと久坂ファンにブチ切れられそうですけど、北川作品の再評価に向けて、編集工房ノアあたりの動向に期待するところは大きいです。よろしくお願いいたします。

・・・

北川作品のいくつかは、〝組織のなかでの個人の相克〟が描かれているんですが、そんな難しいテーマ論を持ち出さなくても、普通に読んで面白いものばかりだから、ワタクシは大好きです。

たとえば「白い塔」の主人公「私」は、電源開発公社の土木担当理事です。「電発」は、昭和二十七年にできたばかりの公社なんですが、ＧＨＱや民間電力界からの圧力で解散させられた旧帝国発送電の生まれ変わり、とも言うべき国家規模の大公社でした。

「私」も長く旧帝電で働いてきた第一線の土木技師で、「電発」に中核社員として迎えられます。最初の仕事は、かつて「私」が途中まで手がけた「多久間ダム」の建設というので、俄然やる気を出します。

多久間ダム建設は政争もからんだ大プロジェクトでした。公社のトップに就任した高間総裁は、関西経済界の顔でありながら、電力開発についてはド素人。しかし、「国際賭博師」の異名をとるやり手でもあります。高間総裁のアイデアで、このダム建設は、国内技術だけに頼らず、外国の技術を導入することになりました。

予想される難工事。しかし外国製の機械を購入すれば、一筋の可能性が見えてきます。そこで、入札を希望する業者に対して、外国の土木業者または技術コンサルタントと提携すること、という条件が付けられました。これで入札可能なグループは二つに絞られ、いよいよ入札当日を迎えます。

ところが「電発」のもくろみ通りには、事は運びません。二つのグループとも、「私」たちが作成した予算見積もりを途方もなく上回る額で、入札してきたのです。「私」は、そして「電発」はいかにしてこの難局を乗り切るのでしょうか。

・・・

北川さんが遺した小説集のうち、『企業の伝説』（一九六一年五月・大和出版刊）と『青い墓標』（一九八一年九月・構想社刊）には著者あとがきが付いています。それによれば、ご自身、相当の遅筆だぞうで、たとえば『企業の伝説』のときは、こう表現していました。

これは私の二つめの作品集である。収録作品はそれぞれ次の如く発表された。

『マンモス・タンク』「新潮」昭和三十四年五月号
『企業の伝説』「VIKING」一一五号昭和三十五年三月
『ある殺意』「VIKING」一一七号昭和三十五年五月
『死の形式』「VIKING」一二一号昭和三十五年九月

そして此の三つ（原文ママ）の作品が、処女作「水の壁」以後現在までに私が書き得たものの殆んどすべてでもある。こうして書き並べてみて、いまさらながら自らの怠惰ぶりに呆れはてる想いである。

それから二十年。ようやく出た『青い墓標』でも、ほぼ同じ類の感想を語っているっていうのが、北川さん、かわいいじゃありませんか。

これはわたしの三つめの作品集ということになる。もう死んでしまった高橋和巳や、まだ生きていて世界中を飛び回っている小松左京らと一緒に、小説らしいものを書きはじめてから二十数年たつ。その四半世紀のあいだに書いて本にしたのがたったの三冊。この一冊をまとめるのを機会に、念のため、押し入れの中から古い新聞・雑誌をひっぱりだして総点検してかぞえてみたところ、とにかく書いて発表した小説作品はわずか二十篇たらず。（引用者中略）寡作といえば聞えがいいが、その実はどうしようもない怠けぐせである。とりわけここ十年ほどは、ウツ状態もあって、ほとんど何にも書いていない。

さらに「白い塔」が直木賞候補になったことにまつわる、北川さん自身の思いも少し書かれています。嬉しいので、そこも引用しちゃいましょう。

四回目の候補だったから、こんどはひょっとしたら、と思わぬでもなかったが、やっぱり落選。選考委員諸氏には当方のなまけっぷりはお見通しであったようだ。

なまけていることがバレて（?）落選したのかどうかは、よくわかりませんけど、このとき（第五十五回）の対抗馬は、立原正秋さんや五木寛之さん。金の稼げる（出版社に金を稼がせてくれる）作家との争いに巻き込まれ、同人誌を中心に活動する寡作な北川さんは、けっきょく直木賞をとらせてもらえませんでした。

…

〝同人誌作家〟という言葉には、一般的にどんなイメージがあるんでしょうか。

「同人誌に載っているようなものは、要するに売れない作品だから、面白くない」と思われているのかどうなのか、一般的なことはさておき、直木賞における同人誌作家を挙げるときに、北川荘平さんほど適切な人を他に知りません。

なぜなら、刊行された小説集が三つだけで、他に読みたきゃ同人誌を探すしかない。っていう痛々しい現実はもとより、北川さんは長く〝同人誌作品の評論家〟として小説月評を書きつづけ、『同人雑誌小説月評』（一九九七年七月・大阪文学学校・葦書房刊、星雲社発売）なる著書まで遺してくれているからです。

ワタクシが北川作品を面白い面白いとうわごとのように繰り返しても、大して伝わらないと思います。ですので、『同人雑誌小説月評』に載っている北川さん自身の小説観を引いて、その目指していた小説をうかがってみることにします。

人はなぜ小説を読むか。そこに描かれている状況なり人間なりがおもしろいからである。〝小説のように面白い〟ということばもある。同人雑誌の小説は一般に面白くない。むしろ、面白くつくることを恥とするような風潮さえあって、味気ないことである。（「I 今月の秀作一篇（サンケイ新聞）昭和四十三年八月」より）

読みつつ残りのページが惜しい。読後の後味がいい。この二条件が、面白い小説・上等な小説の目安であろうと私は心得ている。いい小説はともかく、当今、文句なしに面白い作品にはめったにお目にかからぬ。（「II 同人雑誌時評（毎日新聞）昭和六十一年十一月」より）

平野謙の説によれば、小説の面白さというのは、結局は〝身につまされる〟面白さか〝わ

れを忘れる〟面白さかのどちらかである。（「Ⅲ　同人雑誌ベストスリー（毎日新聞）平成七年三月」より）

たしかに。北川さんは、面白い小説であることを恥とせず、次の展開は次の展開は、と読者にページをめくらせる小説をいくつも書きました。そりゃ恥だなんてとんでもないっすよ。ありがとう、北川荘平。

なぬ？　北川さんの小説集はみな絶版？　新刊書店でしか本に触れない数多くの読者は、北川さんの小説に触れることないまま、一生を終えるんですと？　あらあ、もったいない。

どんでん返しは、受けがよくない
選考会でその評価、真っ二つ
——服部まゆみ『この闇と光』について

この小説の結末は、決して誰にも話さないでください。って、まったく余計なお世話なんですけど、この文章はワタクシのオリジナルじゃありません。服部まゆみさんの『この闇と光』（一九九八年十一月・角川書店刊）のオビに堂々と刷られています。まったく、古くさい映画の宣伝文句みたいだな。……と思ったら角川書店の本ということで、妙に納得。

服部さんの小説家としての出発点は、角川主催の横溝正史賞（現・横溝正史ミステリ大賞）を受賞したところにあります。この賞は、類似の江戸川乱歩賞に比べると格段に「直木賞率」が悪いんですけど、過去に直木賞候補に挙がったたった二人の横溝賞受賞者、阿久悠さん、そして服部さんも、直木賞はとれませんでした。

そんな服部さんの『この闇と光』にご登場願うのは、第一にワタクシお気に入りの候補作だからです。第一二〇回（一九九八年・下半期）、当の直木賞の選考でも、マスコミ的な知名度バツグンの二人、宮部みゆき『理由』と久世光彦『逃げ水半次無用帖』に肩を並べて最終決選まで残り、よくぞ健闘したと思います。

そしてこの作品は、文学賞の（とくに直木賞の）候補作として、文句なしに典型的な要素を備えていたものですから、ぜひとも「名候補作」の称号を授けたいのです。

どう典型的なのか。……つまり、候補作は選考委員に評されるふりをしながら、逆に選考委員たちの姿をあぶり出す立場にある。っていう忘れがちな当たり前のことを、まざまざと見せてくれたからです。

その重要な要素のひとつは、確実にこの作品の構造に由来しています。ええと、結末は誰にも話しちゃいけないんでしたっけ。以下、気をつけてあらすじを書きます。

・・・

「私」は別荘に住んでいます。名前はレイア、幼いころに目が見えなくなってしまいました。時々、部屋を訪ねてくる父は、とても優しいのですが、国の王であり多忙。彼が不在のときに「私」の世話をしてくれるのは、ダフネと呼ばれる女性です。ダフネは「私」にとって怖い存在で、叱ったり叩いたりするだけでなく、「殺した方がいいのよ。こんな娘」などと非情な言葉を平気で口にします。

別荘という閉ざされた世界の中で、父が用意してくれたお話のテープを聴きながら「私」は次第に成長していきました。

十三歳のとき、そんな「私」の生活に終わりが訪れます。国に暴動が起きた、と言われてダフネに無理やり手をひかれ、家の外に連れ出されたのです。車に乗せられ、まるで知らない外の世界に、たった一人で置き去りにされてしまいました。

しばらく時が経ち、「私」の耳に大勢の人が近づいてくる音が聞こえてきます。彼らは「れいちゃん！」と叫びながら、「私」を捕まえに来た様子です。

・・・

この作品をミステリーと位置づけるかどうかは難しいところですけど、選考委員は、ミステリー作品に対していつもやっているような反応を示します。以下、『オール讀物』一九九九年三月号の選評より。

「後半にいたって、突如、謎解きに堕して魅力を失ってしまう。」（渡辺淳一）

「語り手もろとも物語の枠組みを根こそぎ引っくり返してしまう中段でのどんでん返しのあざやかさには感心した。」（井上ひさし）

前者は、ミステリー大嫌いな人の発言。後者は、ミステリーも認めるときは認める立場の人の感想です。ちなみに、どっちつかずの風見鶏な人は、こちら。

「不思議な作品だ。どう読むべきか、判断がむつかしい。」（阿刀田高）

正直な言葉だと思います。

この作品が持つ構造――前半五分の三の「『レイア 一』」「囚われの身」の二章と、次の「病院」の章以下の、視点と世界の大転換は、あたかもミステリーチックな「謎の提示」と「その謎解き」という構造に似ています。そこが選考委員たちの判断に混乱をもたらしたに違いありません。

阿刀田さんは率直に「判断がむつかしい」と洩らしましたが、たとえば先に紹介した二人の委員が、どういう結論に至ったかと言えば、こうなってしまうのです。

「今回の候補作のなかではこの作品だけが、文学的な感興に満ちていて、小説を読む楽しみを味わった。」(渡辺淳一)
「原口の純文学っぽい見得の切り方が、そこまで古典的といっていいぐらい端正につくられていた世界に濁りを入れてしまったように見えた。」(井上ひさし)

前に引用した二人の発言と、それぞれ見比べてみてください。

まるで真逆なところに落ち着いちゃっていますよね。どんでん返しの裏返しっぷり。『この闇と光』の小説内容みたいだぞ。

パッと見の印象から、つい「ミステリー」に対する脊髄反射が先に出ちゃったけど、最後まで読み通すと、それ以外の観点で評さざるを得ない。という実に選考委員泣かせの作品だったとも言えます。

ぬふふふ。やるな、『この闇と光』。

・・・

版画家と小説家の二つの顔。きらびやかな創造世界。といった側面とはまるで相反して(?)、服部さんに残っている数多くのエピソードは、ほんわかしています。
たとえば横溝賞受賞のときの、「ほんわか」バナシ。多くの人にさんざんイヤな思いをさせてきた『フォーカス』誌でさえ、服部さんを好意的に取り上げることしかできなかった、という。

受賞後、あの『フォーカス』のカメラマンが、「絢爛たる女流新星」のデビューをねらって取材に訪れた。（引用者中略）困ったのは『フォーカス』のカメラマンのほうだった。三日間ねばって服部さんを取材したが、結局〝ネタ〟にならなかった。誌上に出た写真と記事は、「すごく好意的に書いてくれていてありがたかった」と服部さんのほうが感謝する始末。（『Voice』一九八七年九月号「ブック　WHO'S WHO」より）

そして直木賞の候補に挙がったときの様子も、山口雅也さんが少しだけ披露してくれているんですが、これもやっぱり「ほんわか」なんですよ。

一九九四年、山口さんは『キッド・ピストルズの妄想』で日本推理作家協会賞の候補になったんですが落選。このとき服部さん夫妻が、「それなら服部賞を差し上げましょう」と声をかけてくれ、翌年、山口さんが『日本殺人事件』で同賞を受賞すると、特注の切子細工のワイン・グラスが送られてきました。そこには、創元推理文庫の「本格おじさんマーク」と《服部賞》の文字が刻まれていたそうです。

数年後に恩に報いる日が来た。まゆみさんの『この闇と光』が直木賞の候補に挙がったのだ。私は、この機を逃さじとばかりに、本格おじさんの代わりに、サスペンスを象徴する黒猫マークを刻んだ《山口賞》を彼女に押し付けた。それを受け取る時のまゆみさんのはにかんだような、困ったような笑顔が忘れられない。（『ミステリーズ！』二十五号〔二〇〇七年十月〕山口雅也「服部まゆみさんの死を悼む／言葉もない中で――」より）

どこが「ほんわか」だ、と言いたくなる気持ちは、とりあえず抑えていただきまして、ともかく、ご褒美をもらうなら、作品の価値や魅力をしっかりわかってくれる人からもらったほうが幸せだと思います、何に限らず。直木賞もぜひ、服部作品に翻弄されてしまった苦い経験をバネにして、

「とったら名誉だから」

「その後の作家人生に有利だから」

みたいな薄汚い理由じゃなく、自分の作品をわかってくれてほんとうにうれしいと、受賞者から心底喜ばれる賞に……なる日がいつかくるんでしょうか。

「盗作」で失墜した人気時代小説作家
ああ、年をとるって、つらいですよね
――池宮彰一郎について

遅れてきた時代小説のホープ、として期待された池宮彰一郎さんは、第一一二回（一九九四年・下半期）と第一一三回（一九九五年・上半期）、連続して直木賞候補になりました。と、ここで池宮さんを語るにあたり、『遁げろ家康』と『島津奔る』の一件（いや、二件）を省略するほど、ワタクシは紳士じゃありません。まずは、そこに触れます。

『遁げろ家康』は、一九九七年一月三日・十日号～十二月二十六日号に『週刊朝日』に連載。その後、単行本化、文庫化。順調に版をかさねたものの、二〇〇二年の九月にいたって版元の朝日新聞社に、読者から指摘が寄せられる。いわく、司馬遼太郎の『覇王の家』と、よく似た表現・記述が多いのではないか、と。それで同年十二月二十五日付で絶版、および自主回収。

『島津奔る』は、一九九六年七月十八日号～九七年十月二十三日号に『週刊新潮』に連載。同じく単行本化（第十二回柴田錬三郎賞も受賞）、文庫化。かなりの売上げを稼いだものの、二〇〇二年の十二月にいたって版元の新潮社に、読者からまたも指摘が突きつけられる。いわく、だから司馬遼太郎『関ケ原』からの、引き写しに近い表現・記述が多いって言ってるだろコノ

ヤロ、と。それで二〇〇三年四月一日付で絶版、および自主回収。

類似表現に対して、池宮さんご本人が答えた原因の説明、お詫びは、インターネットでいろいろ紹介されていますので、そっちをご覧ください（手ぬき）。人の作品から表現を盗むなんざ、ひでえ奴だ、それで作家を名乗るとは言語道断、といった意見が飛び交うのもごもっとも。そんな切れ味鋭い批評がお望みの方も、こんな本を読んでいる場合じゃありません、さあ、ネットにアクセスだ！

……ここでは、これら二件で、ああ池宮さん残念だ、としょぼーんとなってしまった、池宮さんに近しい方々の思いを、ちょこっと引用しておきます。

まずは、『朝日新聞』の記事、「「類似表現で絶版」慎重に　池宮彰一郎「島津奔る」問題で識者指摘」より。記事を書いた佐藤憲一記者、ガックリきている様子です。


作家にそれなりの事情があったとしても、連載、単行本化、文庫化まで三度の編集作業を経た出版社側がなぜ長年、類似を発見し改善できなかったのか。両作とも十万部以上のベストセラーで、柴田錬三郎賞を受賞した『島津――』が、近年の歴史小説の名作と評価されていることを考えれば、残念でならない。（『朝日新聞』夕刊　二〇〇三年四月九日より）

二〇〇七年、池宮さんが亡くなったときには、『朝日新聞』『読売新聞』が追悼の記事を載せましたが、これらもやっぱり「池宮作品＝盗作のイメージが残っちゃって残念だ」の路線を継承しています。

『朝日新聞』編集委員、白石明彦さんの嘆きです。

「司馬史観を超えなければ新しい歴史小説は生まれない」と熱く語る言葉が今も耳に残る私は、あの独創的な発想の持ち主がなぜ、という思いが消えない。（『朝日新聞』夕刊 二〇〇七年六月一日「惜別」より）

いっぽう『読売新聞』文化部記者、石田汗太さん。息子で作家の池上司さんや担当編集者の新名新さんの言葉を紹介しながら、追悼記事をまとめています。

同年生まれの司馬遼太郎氏を敬愛し、「常にその背中を追いかけていた」（司さん（引用者注：池上司））。それだけに、柴田錬三郎賞を受賞した「島津奔（はし）る」など2作が「司馬作品との類似表現多数」との指摘を受け絶版・回収になったのは、皮肉としか言いようがない。「島津奔る」は、司馬氏が「定見なし」と切り捨てた薩摩の島津義弘を正反対の視点から英雄的に描いた代表作で、作家にとっても、小説界にとっても、計り知れない傷を残した。

この件について、作家に直接尋ねる機会は、ついに訪れなかった。最後の連載担当を務めた角川書店常務の新名新さん（53）によれば、一時「筆を折る」とまで漏らしたという。いかなる葛藤（かっとう）が胸の内にあったのか、もう知るすべはない。（『読売新聞』夕刊 二〇〇七

年六月五日「追悼抄」より）

ほんと「もう知るすべはない」んですけど、勝手に少しだけ想像します。版元から「司馬さんの作品と、似てる表現があるみたいですよ」と知らされたとき、池宮さん自身どれだけショックを受けたことか。……このショック、たぶん年齢を重ねた者のみが体験することを許されたものだと思うんです。

ねえ、池宮さん。

六十歳になると、ど忘れが頻発する。いま手許にあった物が突然亡失する。ひょいと置いた眼鏡や煙草がどうしても見当らない。

七十歳近くになると、老人惚けが顕著になる。思いついた事があって茶の間に行く途中、妻が台所で首を傾げて立っている。聞けば用向きを忘れたという。惚けを笑って、さてわが身となると、こちらも用件を失念して、どうしても思い出せない。

そういう身で、時代小説を書く事自体無理である。史料を漁り史実を確めるのは、壮齢の人間の想像を越えた手間暇がかかる。せめて時間の余裕があれば、と思うが、原稿依頼には必ず期限が附せられる。締切間近となる辛さは筆舌に尽し難い。無理して書くには体力が続かない。（一九九七年二月・新潮社刊『義、我を美しく』所収「時計の音（私の生まれた家）」より ―初出『歴史ピープル』一九九五年春号）

池宮さんは若いころから、段違いに記憶力がよかったそうです。他の人の脚本を、正確にそらんじてみせたり、司馬作品を読み込んで暗唱できたり、それで周囲を驚かせた、と聞きます。そうやってまわりの人から記憶力のよさを褒められた人ほど、たぶん「自分がいつの間にか忘れてしまっている」ことに気づいたときのショックは大きいんじゃないかなあと。……あくまで想像です。

ワタクシも老いている最中です。そろそろ物忘れ攻撃を食らいはじめてもいて、あんまり池宮さんを老人老人とあげつらいたくはないんですけど、いちおうこれから書こうとすることも、年齢のことなんです、すみません。

・・・

『高杉晋作』は、池宮さんが『四十七人の刺客』に続いて発表した長篇の第二作目にあたります。文久二年、上海に向かう貿易船に二十三歳の長州藩士、高杉晋作が乗っていました。驕慢で可愛げがない。それでも周囲の人からは自然とその態度が許されていた若者。たしかに、彼には人を惹きつけてやまない〈何か〉がありました。

……という歴史上の有名人、幕末の高杉晋作が尊王倒幕に身をささげ、二十八歳の若さで亡くなるまでの五年間を描いていきます。

『高杉晋作』の文庫版には作者自身の「あとがき」が付いていますので、池宮さんがどういうことに主眼を置いていたのか、紹介させてもらいましょう。

> 薩摩、特に西郷隆盛を維新最大の英雄とした小説があった。また、土佐、坂本龍馬を維新回天の最高指揮者とした小説もある。それらは、薩摩、あるいは土佐の観点から維新史を展望した。が、ふしぎなことに、長州から維新史を眺めた小説は銖錙（しゅし）である。
> 筆者は、長州の高杉晋作の立場から、維新革命を直視しようと思い、筆を執（と）った。（引用者中略）
> この作品の編集者は、講談社文芸第一出版部の川端幹三氏である。
> 川端氏は執筆に当り、筆者に二つの方針を提示した。
> 奔放に書くこと。
> 高杉晋作の短かい生涯を伝えるため、早いテンポで書き続けること。（一九九七年九月・講談社／講談社文庫『高杉晋作（下）』所収「あとがき」より）

まさに、文章は短く、ひんぱんな段落替えで、テンポよく晋作の死までを疾走します。

・・・

過去、直木賞では、総数五百人以上が候補に挙げられました（予選の候補として名の挙がった人も含む）。そのなかで、池宮彰一郎さんただ一人しか経験していない世界があります。

七十歳をすぎて候補になった経験です。

池宮さんに「「柴田錬三郎賞」受賞に際して」というエッセイがあります。初出は『青春と読書』一九九九年十二月号です。

映画・テレビの脚本家から、六十歳をすぎて時代小説作家になり、直木賞に二度候補に挙げられながら落選、しかしその後に柴田錬三郎賞を受賞……と同じ道を歩んだ隆慶一郎さんとの思い出も語られています。

いや、それより何より、ここで引用するにふさわしいのは、B社のN賞の件でしょう。

初夏の頃、B社の編集者に、冗談を言った。

「そろそろ、N賞をくれんだろうか」

N賞は、文壇の登龍門(とうりゆうもん)として長い歴史を持つ。私は時代小説第一作『四十七人の刺客』で、「新田次郎文学賞」受賞の栄誉を得たが、他の賞は逸していた。

「今更、失礼でしょう」

彼は、事もなげに言った。

「それ、年齢のことかね」

「まあね」

彼は、笑いながら言う。

――そうかも知れん。

ほろ苦くそう思った。私は文学修行の年数がほとんど無い。今更修行を積むには年をとり

過ぎている。（二〇〇〇年五月・新潮社／新潮文庫『義、我を美しく』より）

『高杉晋作』が直木賞候補になったのは、池宮さん七十一歳八ヵ月のときです。選考委員は八名いました。お年の若い順に当時の年齢とともに列挙しますと、井上ひさし（六十歳一ヵ月）、渡辺淳一（六十一歳二ヵ月）、五木寛之（六十二歳三ヵ月）、平岩弓枝（六十二歳九ヵ月）、田辺聖子（六十六歳九ヵ月）、藤沢周平（六十七歳〇ヵ月）、山口瞳（六十八歳二ヵ月）、黒岩重吾（七十歳十ヵ月）。みごとに全員年下です。

第一一三回の「千里の馬」候補は、その六か月後ですが、この回から新たに選考委員になった阿刀田高（六十歳六ヵ月）、津本陽（六十六歳三ヵ月）両氏とも、やはり池宮さんほど年輪を重ねていません。

そりゃ池宮さんの「直木賞をとりたい」っていうのは半分冗談なんでしょうけど、ムカついたところもあったでしょう。ねえ、池宮さん。

『高杉晋作』を書いて小説家の中では非常な酷評を受けています。どうも高杉という人間がよく描けていない、高杉がやせて見えるという批評がありました。もっとひどい批評になりますと、これはおもしろおかしい講談本ではないかという説もありました。私はこの年ですから、言っている方が同業でしかも先輩となると、私は反抗心が強いですから反発もしたくなるのですが、考えてみるとみんな年下の方なんです。（引用者中略）年下の人と自分の作品のことについてけんかしても始まらないとも思うものですから、私はそれについてどう思いますかというかなり手厳しい質問に対しては、『高杉晋作』を出版したのは講談社である、講談社で講談本を書いて何が悪い——みんな黙ってしまいました。（前掲『義、我を美しく』所収「歴史小説における史実と虚構」より　—初出『司馬遼太郎の世紀』一九九六年六月・朝日出版社刊）

偉そうな顔した若造ども（！）にさんざん批判されて、それでも耐えなきゃならない、高齢候補ゆえの苦しみ。池宮さん、直木賞がほしかったというより、やはり作品にこめたものを認めてもらいたかっただろうな。

・・・

先のエッセイでは「B社のN賞」とボカしていましたが、直木賞の逸話としてはっきりと書かれたのが『大将論』（二〇〇二年三月・朝日新聞社刊）の「あとがき」です。ただ、こちらは、直木賞候補に挙げてもらえなくなった理由として、多少ちがうやりとりが書かれています。


そうした身（引用者注：直木賞候補に二度なって落ちた身）でありながら、文藝春秋の各誌から、時に原稿依頼を受ける。老齢の身、無理が利かず、お断りする言葉に窮して、

「直木賞の候補にもならぬ身ですから」

と、冗談に紛らせたら、ある日、重役の方が拙宅に来訪された。

「あなたは駄目です」

「駄目というのは、将来何を書いても、という事ですか？」

「そう、見込みがありません」

「どうしてですか？」

大方、年齢制限でもあるのか、と思った。

「あなたの本は売れ過ぎる」

啞然となった。たまさか本が売れたのは、偶然の結果に過ぎない。

それで、直木賞作家になる望みは断たれた。（『大将論』「あとがき」より）

えっ？　売れていたって、しつこく直木賞候補に挙げられる作家もいるじゃないの。これって文藝春秋某重役の、苦しまぎれの逃げ口上（もしくはお世辞？）の臭が匂ってこなくもありません。

ただ、池宮さんが老齢にして身にあまるほどの人気を博してしまったのはたしかだったと思います。たとえば、エッセイでは、『島津奔る』の連載から単行本上梓のころに、かなり無理をしながら執筆に追われるさまが描かれています。本人の気づかぬうちに、司馬さんの文章が自作に紛れ込んじゃったのは、ちょうどこんなさなかでした。

長篇第三作・第四作を企画しながら、目先の短篇・中篇に追われて、集中することが難しく、筆が進まない。

業（ごう）を煮やした編集者は、書下ろしの長篇を連載に切り換えた。『島津奔る』は週刊誌連載となった。

初めての長期連載に、書き溜（だ）めを作る余裕などあろう筈（はず）もなく、毎週締切りに追われた。悪い事に数年前に約束した別の週刊誌連載が途中から加わり、二誌同時連載となった。

加えて、住居が住むに堪えなくなり、建て直しが始まる。家人が病で入院する。内憂外患が同時に襲いかかって、修羅場となった。（前掲「「柴田錬三郎賞」受賞に際して」より）

「盗作だ！」と糾弾されたころから、池宮さんの新作は急激に減りました。各社が依頼を避けたのかもしれませんし、池宮さん自身、反省をして仕事を断りつづけたのかもしれません。単純に健康上の問題かもしれません。事情は知りません。

そのなかで、池宮さんを（たぶん）励ましながら新作を書かせつづけた出版社が角川書店です。『野性時代』に「密約―西郷と大久保」（二〇〇四年五月号〜二〇〇五年一月号）を連載。第一部を書き終えたところで中断し、そのまま未完となりました。二〇〇七年五月六日没。死の半月前まで、この作品を書き継ぎ、推敲していたそうです。

案外、相手をしてくれるのが一社だけになったおかげで、じっくりと落ち着いて仕事に打ち込めた……そんな晩年であったことを願うばかりです。

5 文学性+エンタメ性、という難問にみんな大わらわ。

選考

直木賞との境界がなくなった、と言われるアレ

――直木賞と芥川賞の交差史について

つまり、みんな「境界」がだーい好き

ワタクシの関心は直木賞に偏っています。約十五年前、「直木賞のすべて」なるホームページをつくるに当たって、ひそかに決意したことがありました。世の中は「芥川賞・直木賞」というけれど、多くは芥川賞のほうをチヤホヤする。まず芥川賞のほうを取り上げたがり、語りたがる。絶対にワタクシのサイトだけは、そういう真似をしないようにしよう。

……と誓いつつ、けっきょく途中で「芥川賞のすべて・のようなもの」と名付けた子サイトをつくってしまいました。芥川賞の威力がスゴいのか。ワタクシの意志が弱かっただけなのか。内心忸怩（じくじ）たるものがあります。

ともかく直木賞といえば芥川賞。直木賞を調べていれば自然に、芥川賞のことにも触れざるを得ないという、ほんとに目障りなヤツです。

……いや、冷静に考えてみれば、芥川賞は、この一つだけ運営されていても、おそらく今ぐらい注目を浴びる賞になっていました。でも直木賞はどうでしょう。正直なところ、無理でした。いまの直木賞があるのは明らかに芥川賞サマサマです。

ということで芥川賞サマに敬意をこめまして、感謝のしるしに、あらためて直木賞側から見た両賞の交差史をまとめさせてもらいます。長くなりすぎないように、とりあえず昭和三十年代ごろまでを簡単に。

●第一回（一九三五年・上半期）決定を受けて。

世間の「反響」って意味では、ほとんどが芥川賞に対するもの。直木賞はほぼ無風状態でした。菊池寛さんが言うには、芥川賞の石川達三については、なかなか好評で、掲載号の売れ行きもよかった。直木賞の川口松太郎のほうは、ええと、とくに悪評は耳に入ってきていないようで、ごにょごにょ。

……要するに好評も耳に入ってこなかったらしいんですが、それも当然で、受賞対象とされた「鶴八鶴次郎」も「風流深川唄」も、雑誌に掲載されたものですから、受賞発表の段階ではどこにも売っていない。単行本にもなっていない。よほどの『オール讀物』マニアしか読んでおらず、新たに受賞作を買うことができない。ということで、直木賞に関しては、経済効果もほぼゼロでした。

●昭和十年代中期。

「直木賞と芥川賞は、境界が曖昧だ」攻撃が、早くも登場します。

厳密にいえば、大衆文学と純文学との境界が変わってきたぞ、っていう意見なんですが、このテーマを論じるときに、つい（うっかりと）直木賞と芥川賞を例に挙げてしまう、いまのワタクシたちにもなじみの光景が展開されています。語るは村雨退二郎さんです。

最近一両年、純文学と大衆文学の境界についての、従来の観念に著るしい変化が認められる。（引用者中略）

例へば、芥川賞の『密猟者』が多分に大衆文学であつて（久米正雄氏批評）直木賞の『ジヨン萬次郎漂流記』が多分に純文学であつたり『風と共に去りぬ』が純文学の老大家に純文学と大衆文学の二つの折紙を付けられたり、新潮賞の『歴史』が説明と描写を逆にすれば大衆文学に変化するものであつたり、娯楽雑誌に掲載された作品が、単行本には純文学作品として収録されたり——斯ういふ例は枚挙にいとまがない。（『日本学芸新聞』一九四〇年六月二十五日号

村雨退二郎「大衆文学の現状批判（A）」より）

これ以前にも、第四回芥川賞の富沢有為男「地中海」はかなり直木賞的だ、と言われたことがありました。純文学と大衆文学！　と大きな（？）話をしたいけど、小難しい理論を振り回さなくちゃいけなくて面倒だ、ええい、とりあえず目で見てわかりやすい指標だからと直木賞・芥川賞の授賞傾向をもってきて論拠にしてしまう、という。

便利なものができましたね。直木賞と芥川賞。今のいままで、この宝刀はマスコミの方を中心に、大事に大事に受け継がれています。ごぞんじのとおりです。

●昭和二十年代。

戦後になりますと、「芥川賞向きのものが直木賞に選ばれた」、または「直木賞向きのものが芥川賞に選ばれた」というイジりが、完全に定着しました。

直木賞を見れば、小山いと子さん（第二十三回）、今日出海さん（第二十三回）、檀一雄さん（第二十四回）と、果たして直木賞ごときが取り上げていいのか、と周囲をドギマギさせるような授賞が相次ぎ、そのたびに、周囲はドギマギしました。

同じころ、芥川賞のほうも似たようなハナシでツッコまれています。

先日もこの欄で芥川賞の「喪神」についての佐藤春夫先生のスイセン文批判が出ましたが、（引用者中略）何か神秘的な、絶対的な、超人的な魔力があつて、それが人生を総て解決し得る、という幻想が日本人の心にこびりついていて、かの大衆文学が成立しているのです。そしてそれを具体化した本質的な通俗小説がここに出てそれが芥川賞になつたのです。直木賞の立野信之とこれをとりかえて授賞し直したらいいでしよう。（『大波小波　匿名批評に見る昭和文学史　第二巻』所収　一九五三年二月二十四日分「選考委員の〝喪心〟」より　署名：エンピツ）

直木賞と芥川賞、二つがセットで存在していると、たしかに、つい「境界」を思い浮かべてしまいます。境界っていうのは、魅力的です。どうも気になって目が行ってしまいます。たかが二つの賞程度の結果に熱くなってしまう「エンピツ」さんも、おそらく境界に魅了されたひとりでしょうし、日本中にたくさんいる境界好きたちに、定期的にエサを与えつづけているという点で、直木賞と芥川賞がつくられた意義も、じゅうぶん見出すことができるでしょう（そこにしか意義がない、という指摘もありえます）。

●第三十七回（一九五七年・上半期）

直木賞に江崎誠致（まさのり）『ルソンの谷間』、芥川賞には菊村到「硫黄島」が選ばれました。

直木賞・芥川賞を目の前にすると、からだがうずいて騒ぎ立てずにいられない人種、さあ活躍のときです。名乗りを挙げたのは、文芸に造詣の深い評論家の臼井吉見さん。「硫黄島」と『ルソンの谷間』は、賞がそれぞれ逆でもおかしくない、と言いました。

この一編（引用者注：「硫黄島」）が私小説と風俗小説との中間で、双方の脱出口を見出そうとする試みの作であることは、最初に書いたとおりである。（引用者中略）選評でみれば、芥川賞委員のほとんど全員が、この作のこういう性格をどうさつ（洞察）しながら、満場一致のかたちで受賞がきまったというのは興味のあることだ。こんなことは数年前までは考えられなかったことであろう。

（引用者中略）直木賞のほうが、逆に芥川賞にふさわしいと思われる江崎誠致の「ルソンの谷間」をえらんだことを思い合せると、この事情はいよいよはっきりするように思われ、ぼくなど

興味津々たるものを覚える。（『朝日新聞』一九五七年八月二十一日「文芸時評」より）

さらに臼井さんは、二つの賞の決定から、「日本文学のぶつかっている問題は、このことでかえってはっきりするのである」とまで見栄を切りました。たぶん直木賞だけ注視していたら、いくら臼井さんだって、日本文学とかいう大げさな話題は語らなかったと思いますが、芥川賞とセットで見ることで、かろうじて直木賞も、文学の話題に入れてくれています。ひとりでいても振り向いてもらえない、ああ可哀想な直木賞。

●第四十六回（一九六一年・下半期）

伊藤桂一「螢の河」が直木賞を、宇能鴻一郎「鯨神」が芥川賞を受賞しました。

もう言わずもがなですね。またまた歴史は繰り返し、「直木賞と芥川賞は逆じゃないか」と得意げに語る人が躍動します。

しかもです。そうなったのは昭和三十年代から芥川賞が派手に取り上げられるようになったからなのだ、というトンデモ説を唱える人まで登場する有様で、直木賞と芥川賞のことならどんな無謀な説を繰り出したって構わない、たのしい時代が幕を開けます。

昭和二十年代には、受賞しても、全然騒がれなかった芥川賞の受賞者も、石原、開高、大江以後は一種のスターとして遇される風潮が強くなった。それとともに、芥川賞の受賞作品を選ぶうえでの価値基軸がゆらいできたことも事実である。

その一つの例としては、第四十六回（昭和三十六年下半期）の宇能鴻一郎「鯨神」がある。このときは、直木賞に伊藤桂一の「螢の河」が選ばれ、平野謙から「芥川賞と直木賞が逆になったのではないかと錯覚する」と評されたほどだが、銓衡委員の石川達三自身、「芥川賞の銓衡がだんだん困難になってきた」と、述懐したものである。これは、平野によると、「もはや純文学的な芥川賞と大衆文学的な直木賞との境界線が名実共に崩壊しさった」ことを示しているのだが、宇能鴻一郎の受賞は、その典型だったのである。（一九七九年八月・日本ジャーナリスト専門学院出版部刊『芥川賞の研究』所収　植田康夫「芥川賞裏話」より　―初出『創』一九七七年三月号）

平野謙さんに言わせれば、この時期に境界は崩壊しさったのだそうです。しかしそれでも、残り続けてしまった二つの賞は、いったいどうすりゃいいんでしょう。

ご安心ください。みんなやっぱり「境界」なしで生きていくことはできません。崩壊したなどという声はガン無視し、これって何で芥川賞じゃなくて直木賞なの？　とか、芥川賞より直木賞向きだねとか、夜ごと語り合って酔いしれる日本人の楽しみが、とだえることはありませんでした。

……ってこんなの紹介していたら、キリないですよね。ときおり現われては小休止を繰り返す、直木賞と芥川賞は逆だイベント。時代はくだって第一一九回（一九九八年・上半期）、車谷長吉さん直木賞、藤沢周さん・花村萬月さん芥川賞となり、（このテーマに関しては）史上最高といっていいぐらいに盛り上がって、「ふん、そんなこと昔からずっとあったことだよ」とマスコミの喧騒に水を差したがる発言があちらこちらで挙がるという、そこまで含めての、お得なセット感を味わわせてくれました。

最後に、この「逆だ」イベントを手がけたひとり、元日本文学振興会理事長、高橋一清さんのお話を拝聴しましょう。

選考委員の人選はむつかしい。慎重にしないと、日本の小説の流れも変わってしまう。考え方の似た委員が多いと同じような傾向の作品が選ばれていくことになる。そこで、打つ手はひとつ、選考委員会に上げる予選通過作の揃え方である。（引用者中略）私は大胆なことを仕掛けたことがある。芥川賞の候補に上がったこともある車谷長吉さんを直木賞に、直木賞系の作品を書かれていた花村萬月さんを芥川賞に回して、平成十年度上半期の選考会に風を入れた。思っていた通りの授賞になってよかったものの、このようなことは十年、二十年に一回のことである。（二〇〇八年十二月・青志社刊　高橋一清著『編集者魂』所収「芥川賞・直木賞」物語」より）

「日本の小説の流れが」うんぬん、の箇所は頑として受け入れがたい文章ですけど、まあ、直木賞も芥川賞もこういうものです。当たり前ですが、こんなことで、小説の流れは決まりません。

直木賞と芥川賞。その境界だの受賞作の出来だので、日本の小説界全般を語ることができる、といった類いのものじゃなく、パーッと盛り上がってサーッとしぼむ時事ニュース扱いが関の山です。まあ、寡聞にして、両賞の受賞傾向だけで日本の小説史を論じるような愚かな文章を、これまで見かけたことはありませんから、人間ってやはり賢明なんだなと安心しています。

受賞作は日本を代表する秀作とは口が裂けても言わない反骨の受賞者

――藤井重夫について

もしも藤井重夫さんに、もう少し巧みな処世術があったら――。読者数の多い大メディアに、もっと重宝されていたかもしれません。となれば、そんな舞台でも直木賞のダメなところを、躊躇なく発言しつづける貴重な存在にのし上がったんじゃないか。などと思うので、ちょっぴり悔しいです。

でも、世渡り術に長けたりしたら、もはや「藤井重夫」じゃなくなってしまう。……けっきょく、どうにもならないジレンマです。

一九七七年に至文堂から出版された、直木賞オタクのよりどころ『直木賞事典』。ここに「受賞作家へのアンケート」っていう記事が載っています。歴代の受賞者たちに、以下六つの質問が投げかけられました。

(1)「直木賞」を受賞してよかったと思われますか。
(2) 賞金は、当時何に使われましたか。

（3）「直木賞」を受賞して負担を感じられますか。
（4）受賞後の第一作は、なんという作品ですか。
（5）先生の代表作としては、何を考えていられますか。
（6）今後の直木賞にどんな希望がありますか。

これに対して、計四十六人の受賞者が回答したんですが、そのうち、最も長い文章で回答したナンバー一は誰か。ぶっちぎってトップだったのが、本稿の主役、藤井重夫さんです。「おれのやってきた仕事、ほんとに知っている？ 芥川賞ならわかるけど、直木賞なんて全然合わないのになあ、ヤダなあ」……みたいな、有馬頼義ばりの、もらうならやっぱり芥川賞のほうがよかった、っていう思いに包まれた、熱い回答を寄せています。

（引用者注：（1）「直木賞」を受賞してよかったと思われますか、の問いに）受賞したときは正直、うれしいとおもった。しかし受賞から一、二カ月のころ、どこに行っても、こんどの直木賞の、と紹介されると、中には「それじゃ大衆文学のほうをお書きで」「吉川英治は私も愛読しました」など、まるで勝手がちがった。しまった、とおもった。二十六回芥川賞で『佳人』が堀田善衛の次点になったことを、改めて悔いた。

（引用者注：（3）「直木賞」を受賞して負担を感じられますか、の問いに）まったくナシ。私は昭10の前後から、ものを書いてきている。（引用者中略）（一）の項でいっているとおり、むしろ今は直木賞は「返上」したい、とおもっている。あんなに直木賞をほしがっていた藤本義一に、わしの分をやろか、とおもったりした。（『直木賞事典』「受賞作家へのアンケート」より）

すばらしいですね。直木賞受賞者の鑑（かがみ）です。

このアンケートだけも、どうにも扱いづらいヘンクツ親爺・藤井重夫の顔がうかがえますが、それより七年ほど前に書かれたのが「文芸首都のOB」（『文藝首都』一九七〇年終刊記念号〔二月〕）。藤井さんのような、「文学におのれのカネと人生をかけちゃる」と豪語してしまう、いわば狂人たちのつどう砦『文藝首都』が一九七〇年にいよいよ終刊を迎えるにあたって寄稿されたものです。

おれの「佳人」ってさ、堀田善衛にやぶれて次点だったんだぜ、のエピソードも、しっかりもれなく登場します。こちらでは、堀田作品に対して、藤井さんなりの毒づきの加わっているところに、ぜひ注目してください。

昭和二十七年の一月下旬のある日、ゆきつけの新宿のみせに行ったところ、保高先生（引用者注：保高徳蔵）がご婦人同伴で、ご機嫌で飲んでおられた。
「藤井くん、きみ、芥川賞もらいましたか」
「は？」
私は、何のことかと首をかしげた。あとでわかった。その夜は、芥川賞と直木賞の選考委員会があった日で、芥川賞は堀田か藤井かの〝せりあい〟との下馬評があった由。（引用者中略）（結果では、私の『佳人』は次点になり、キワ物の堀田善衛『広場の孤独』が受賞したが）。

（藤井重夫「文芸首都のOB」より）

ね。わざわざ「キワ物の」とか言う必要あります？　でも、つい言ってしまうんですよね。ここらあたりが藤井さんの真骨頂で、さすが、口の悪さからさんざん同人誌仲間たちと喧嘩し、仲たがいを繰り返した人、と言われるだけのことはあります。

では単なる、飲んだくれの暴言おじさんなのか、というと、そんなことはありません（あるわけがない）。このエッセイでは、あまり好きじゃない直木賞のことにも触れてくれているんですが、たぶん、いまのワタクシたちでも十分に同意できる感覚が表明されています。昔から現在にいたるまで、誰もが感じてきた普遍的な直木賞（受賞作）観。それを、直木賞を受賞した当人が、はっきりと書いてくれているのです。

「文芸首都」三十八年、といえばこれまでにさまざまな傑作・秀作・異色作が出ていると思う。それらを、まとめてみたらどうだろうか？

文壇登龍門は芥川・直木賞とはかぎらない。それに、直木賞受賞の私の愚作『虹』をふくめて、受賞作かならずしも秀作ではナイはずである。佐藤愛子の『戦いすんで―』も、あんなもの、バカみたいな小説である。芝木好子の『青果の市』だって、つまらない。（同）

歴代の受賞者のなかにも、自分の作品を「愚作」と表現して、謙虚さをアピールしてみせた（あるいは要らぬ波風がたつのを避けた）人ぐらいは、いるかもしれません。だけど藤井さんの場合は、そこで筆をおかない。「受賞作かならずしも秀作ではないはず」と語りたいときに、あえて『文藝首都』出身者のなかから、佐藤愛子さんと芝木好子さんの、それぞれの直木賞・芥川賞受賞作を引き合いに出すんですよ『文藝首都』の誌面で。それで「バカみたいな小説」だとか「つまらない」と言い切っちゃう。言えてしまう。ザッツ・フジイシゲオ。ユーアー・ビューティフル。

ワタクシにとっては、「虹」も『戦いすんで日が暮れて』も、傑作・秀作・愚作のどれだと聞かれたら「秀作」と答えたい作品です。でも、そういう素人の直木賞談義などは、正直どうでもいいです。

直木賞を受賞した人が、直木賞の受賞作は秀作にかぎらないはずだ、と感想を述べる爽やかさ。受賞作よりも、落選作や、候補にすらならないような小説にこそ、読書の楽しさを教わり、小説が好きになった身としては、藤井さんの「ちょっとひとこと多い表現」に、うんうんとうなずいてしまいます。

藤井さんは、直木賞受賞者のなかでは、出版的にかなり恵まれてこなかった作家です。おそらく今後も、小説集すら新刊でお眼にかかる期待は、持てそうにありません。でもワタクシは夢想してしまうのです。『藤井重夫の　ひとこと多い毒舌エッセイ集』とか、そういうの出てほしいよなあ。副題をつけるなら「直木賞なんてバカみたい」とか。「直木賞なんて返してやる」でもいいいな。一直木賞ファンとして抱く、ちっぽけな夢です。

人間が描かれていないきゃつまらない
――水上勉と連城三紀彦について
ミステリーをめぐる、火花散る攻防

直木賞の世界では、この顔を見たら交番に突き出せ、と言われている逃亡犯が四人(ないし五人)います。古くは片岡鐵兵さんに始まり、井伏鱒二さん、永井龍男さん。石川達三さんも入るかもしれません。そして、水上勉さん。

みな、直木賞の選考委員を一度は拝命しながら、途中で逃げ出して芥川賞選考委員に変わった人たちです。

なかでも水上さんは、最も長く、二十年近く直木賞の選考を務めておきながら、なぜか六十六歳のときに芥川賞へ逃げ去りました。

「昔の文壇ならわからなくもないけど、昭和も末期になって大衆文芸は性に合わないから純文芸に移籍するとか、バカなの?」

「さんざん直木賞から恩を受けておいて、鞍替えをはかるとか、信じらんない!」

などと直木賞界隈では相当に評判が悪く、このさいアイツには「直木賞受賞」の肩書きさえ使ってほしくない、と叫ぶ直木賞ファンもいたとか、いないとか。……いるわけないですか。

まあ、でもそこが水上さんらしさかもしれません。文壇への飽くなき執着心と言いますか。直木賞だの推理小説だのは、文壇に出るための単なる踏み台。オレがやってきたのはそんなものとは訳が違うんだ、と胸を張りながら直木賞から去る。何の文句がありましょう。ほんとに水上さんが、そう言っていたかどうかは知らないんですけど。

水上さんが直木賞を受けたのは第四十五回（一九六一年・上半期）のときですが、当時のことは、もう水上さん自身がいろんなところに書いているので有名です。

七月半ばごろに直木賞の発表があって、私は本郷森川町に宇野（引用者注：宇野浩二）先生を訪ねてお礼を申しのべた。先生は、相変わらずの万年床ぐらしで、寝たままで会って下さった。夏がけのおふとんから、細い手をさしのべて、私に握手して下さった。

「社会派はいけませんよ。この調子で、人間のことを書くように……」

そのとおりではないが、そのような意味のことをぼそぼそおっしゃった。（一九九七年九月・毎日新聞社刊　水上勉著『文壇放浪』「28」より）

こんな場面があったかと思うと、中山義秀さんとの思い出を語るところでも、

私は、何かの会で、中山先生にお会いした折、「むかし、極楽寺のお宅へ上がった水上です」（引用者注：直木賞を受賞する）前年度の候補作中に「耳」「火の笛」という私の作品が入っていた。

と自分で申し上げると、おぼえている、とおっしゃり、「社会派なんてつまらんぞ。人間を書け」と大喝するようにいわれた。（同書「49」より）

とあります。

当然ですが、そういう事実があったことよりも、「社会派なんてつまらんぞ。人間を書け」のセリフを選択したがる水上さんの強烈な思いがびしびしと伝わってきます。社会派推理小説が売れると見て、わんさか訪れる原稿の注文。その大量の要請をこなしながらも、どうにか「人間を書くこと」だけは忘れず、流行作家の椅子を確保しつづけた人ならではの回想、とも言いましょう。あまりに売れすぎるので、純文壇の評論家スジからやっかみ半分で批判されながら、中間小説隆盛のど真ん中で獅子奮迅の大活躍。水上さんが「直木賞の優等生」と言われるゆえんです。

歴代の受賞者のなかでも、水上さんの優等生ぶりは群を抜き、受賞からわずか五年後に選考委員就任の要請があったほどでした。これまでの受賞者のなかでは最短記録となっています。その後は、直木賞選評で、候補者を「さん付け」で呼ぶ手法をいち早く導入。新人作家に優しく接し、推理小説やノンフィクション物など、賞の枠を広げることに積極的でありながら、しかし絶対に「文芸」を重視する姿勢も忘れない。

松本（引用者注：松本清張）さんも云われたことだが、「面白い小説」を待つ。だが私は、直木

賞はやはり文芸だと思う。（『オール讀物』一九七一年四月号　水上勉選評より）

ここ重要です。「文芸」を重視する姿勢も忘れない。

直木賞がわかりづらくて、奇妙な文学賞として今あるのは、まさにこの一点を、いろんな選考委員が選考の拠りどころとしてきたからだ、と言っても過言じゃありません。だって芥川賞でもないくせに、「文芸」を大事にしてきたんですよ。直木賞ごときが。みなから、エンタメ、エンタメとこづき回されるヘナチョコ直木賞が。

直木賞の優等生たる水上さんはまた、何より文芸に固執する点で、直木賞選考委員の優等生でもありました。

しかし一九八〇年代に入ると、直木賞側に変化が訪れます。中間小説誌の凋落はとどまるところを知らず、各誌とも部数は下降線をたどり、直木賞の候補作といえば、これらの雑誌に載った短篇が減るいっぽうで、かわりに長篇や連作短篇集が増えていきました。ここに現われたのが、推理小説の雄と目された新人。連城三紀彦さんです。

一九七七年に、探偵小説専門誌『幻影城』の新人賞でデビュー。当時は、水上さんの頃の〈社会派〉ブームとはまったく違う状況だったのは当然ですけど、『幻影城』の島崎博さんが、この人なら社会派推理小説なんて軽くぶっつぶせる、と期待をかけた大型新人でした。

竹本（引用者注：竹本健治）　第三回新人賞で連城三紀彦さんが出てくると、島崎さんはもうすっかりそちらにかかりっきりでしたね。質的にも量的にもいろいろ過酷な課題を与えたりして、かなり連城さんをシゴいたようです。

――島崎さんは連城さんが大好きだったようですね。彼の作品で〈社会派〉を撃破するんだと。

竹本　〈新本格〉という言葉を初めに使ったのも島崎さんなんです。連城さんの一連の作品に冠したキャッチフレーズだったんですよ。（二〇〇八年十二月・講談社／講談社BOX『幻影城の時代　完全版』所収　竹本健治「「匣の中の失楽」の頃」より　―取材・構成：岩堀泰雄、野地嘉文、本多正一）

こうして連城さんは『幻影城』に「花葬」シリーズを書き継ぎますが、六作目の「菖蒲の舟」が世に出る前に、『幻影城』が休刊を迎えてしまい、題名を「戻り川心中」と変えたうえで『小説現代』に掲載。すると連城さん、はじめて直木賞の予選を通過しました。つぶれるまえ、島崎さんは連城さんに言っていたそうです。

島崎さんはいつも、

「あなたはミステリー以外の小説を書きたいのだろうけど、探偵小説も書けるのだから、商業誌から注文が来るようになったら、そっちに普通の小説を書いて、幻影城にはミステリーを書くように」

と言っていた。当時まだ自分ではミステリー以外の小説など書く気はなかったのだが、数年後あるきっかけで書いた市井の男女の話が案外に評判がよく、恋愛小説の注文も来るようになって、あらためて島崎さんの編集者としての慧眼に驚かされた……とはいえ、そういう普通の小説にも、幻影城の痕跡がはっきりと残っている。（同書所収　連城三紀彦「幻影城へ還る」より）

幻影城の痕跡のくっきり刻まれた連城作品が、ミステリー畑の大先輩・水上勉さんの目のまえに、候補作として供される日がやってきたのです。かつて推理小説から逃れようと苦心して、それに成功した水上さん。火花散る激突が始まりました。

・・・

第八十三回（一九八〇年・上半期）「戻り川心中」、第八十八回（一九八二年・下半期）「白い花」「ベイ・シティに死す」「黒髪」。最初の二回は、水上さん、まったく選評で触れていません。黙殺、と言っていい状況です。

水上さんが連城作品について語りだすのは三度目の候補、第八十九回（一九八三年・上半期）の「紅き唇」のときからでした。この回は、直木賞ほしいほしいとうるさい胡桃沢耕史さんの『黒パン俘虜記』にようやく授賞させて、いろいろ物議をかもしましたが、水上さん、選評の最後でこうつぶやきます。

家へ帰ってから考えた。「黒パン」授賞に異議はないが、むかしのように、ぬきさしならぬつまり一枚看板となる作品をささげて登場する候補作家が少ない。その点からいえば、連

城三紀彦さんの世界かとも思うが、どこか授賞に一歩の弱さがある。（『オール讀物』一九八三年十月号　水上勉「感想」より）

どういう意味でしょう。連城さんの描く世界を、一枚看板になり得る作風だと認めながらも、「紅き唇」では弱い、ということでしょうか。若干の好感は感じられます。続く第九十回（一九八三年・下半期）。三期連続で連城さんが候補に選ばれます。しかも作品は『宵待草夜情』。短篇一作で弱いのなら、これでどうだ、って感じの連作集でした。……しかし水上さんが洩らしたのは、またしても不満でした。

連城三紀彦さんにも期待したが、無理な筋はこびが、骨になって刺さった。むずかしい世界だ。妖しさがあって魅かれはするが、うんと云わせる説得性に欠ける。これはなぜだろう。大正でも、昭和初期でも、明治でもいい。じっくり女性描写をやってもらいたいものだ。筋はこびより人間の面白さにである。悲しみは自然と出よう。腕のある人だから。（『オール讀物』一九八四年四月号　水上勉「それぞれの世界」より）

さあさあお待ちかね、お得意の「人間を描け」発言ですよ、みんな集まってください。ほら、このときの水上さんの顔（……って誰も見ることはできないですけど）。自説を思いきり主張できる作品に出逢えて、ひょっとして会心だったんじゃないんか。と、そう思いたくなります。

「ミステリーにこだわるな。人間を描け」

これを水上さんが言うから、しびれるのです。名ゼリフたり得るのです。

そして第九十一回（一九八四年・上半期）、「もうそろそろあげてもいいんじゃないか」オーラがおのずと漂う四期連続での候補です。対象となった『恋文』は、いずれの収録作にも殺人が出てこない。「授賞に一歩の弱さがある」と水上さんの惜しがった「紅き唇」からひきつづいて書かれた同系統の作品群です。

水上さんは、万歳三唱の大推奨でした。

連城三紀彦さんの「恋文」「十三年目の子守唄」に感心した。小説づくりの巧みさでは定評があり、独得の世界である。これまで何度か候補にあがり、授賞は逸したが、どこをめくってもこれは連城だ、というものがあった。そのことには瞠目（どうもく）もし、もう少し、筋立てに無理のないものをと注文したおぼえがある。今回はその無理のないところがあって、しかも文章がいい。推理をはなれて、人間を描くところにこの人の世界はもっともっとひらけるだろう。授賞を心から祝福する。私はこの人の妖（あや）しい感性に関心をもっているのだ。（『オール讀物』一九八四年十月号　水上勉「感想」より）

水上ブシ炸裂ですね。「推理をはなれて、人間を描くところに」のところで、水上さん自身のことを思い出さない人など、この世にいるんでしょうか。渾身の一文です。きっと。

それで水上さん、この一年後には、直木賞からおさらばすることになるんですが、結局、最後になった選評は、こう締めくくりました。

他の候補作にもいえることだが、受賞作山口（引用者注：山口洋子）さんもふくめ、命がけの金看板をひっさげての登場を夢見る私には、どれも小技（こわざ）の磨きに思えて遠い不満がぬぐえなかった。（『オール讀物』一九八五年十月号　水上勉「感想」より）

「命がけの金看板をひっさげての登場」のところで、水上さん自身のことを思い出さない人など、この世に……ってくどいですね。失礼。

『恋文』が命がけの金看板だったかどうかは知りませんけど、直木賞を受賞後、途中で休筆に近い年月がありながらの、『造花の蜜』（二〇〇八年十月・角川春樹事務所刊）にいたる連城さんの歩みは、もはや紹介する必要はないでしょう（ないのかな?）。

直木賞をとってから二十数年、連城さんに推理をはなれる気はまったくありませんでした。

年とるほどミステリーを離れていくだろうと以前は思っていたのに、五十を過ぎてからやたらミステリーを書きたい衝動に駆られるようになった。あの幻影城から今日まで流れてきて、今また幻影城へと流れ戻っていこうとしている……気障な言い方だが、そんな思いにと

られている。（前掲「幻影城へ還る」より）

いったい水上勉さんのアッツい激賞と激励はどこに行ってしまったのか。っていう感じの、まさかのミステリー帰り宣言です。「人間なんてつまらない、もっとミステリーを描け」と叫ぶ人が、連城さんのそばにいたのかどうか、それは知りませんが、連城さんが二〇一三年に没するまで、骨の髄からのミステリー作家として小説を書き続けてくれたことで、水上VS.連城の世紀の激突が、より一層、名勝負と呼ばれるにふさわしいものになったのは、たしかだと思います。

第一に評価されるのは「文学性」
いや、何つっても「ストーリー性」でしょ
——柴田錬三郎と三浦浩について

柴田錬三郎さんは、第七十九回の選考会を一か月後に控えた一九七八年六月に亡くなりました。享年六十一。直木賞の選考委員をやっていたのは最後の十二年、おおむね五十代のときです。選評以外でも、言いたいことをズケズケ言う代表のような人で、ときどき純文壇に派手にケンカを売ってはひんしゅくを買ったりし、直木賞の場においても、〈シバレン哲学〉といっていい、まあ決して主流にはなり得ない論陣を張って、直木賞史に一時代を築いた人でもありました。

で、柴田さんの選考に入る前に、マクラを入れます。柴田さん自身が受賞した頃のことです。佐藤春夫さんにケツを叩かれて「デスマスク」を書き、これが第二十五回（一九五一年・上半期）芥川賞の候補に残るわけですが、その直後、柴田さんの耳元で囁かれたのが、直木賞へと誘い込もうとする魔の声（？）でした。

芥川賞の候補になったが、私は、受賞するとは、すこしも思わなかった。（引用者中略）

私は、自分が陽（ひ）の当たる場所へ出られる男ではない、という気持ちを、どうしてもすてきれなかったのである。

「三田文学」の直接の編集責任をとっておられた木々高太郎氏が、一日、私に向かって
「芥川賞がダメなら、直木賞をとりたまえ」

と、すすめて下さった。

木々氏は、直木賞の選考委員であった。

直木賞をとれ、と言われても、そうおいそれと、それにあたいする作品が書ける自信はわかなかった。

しかし、ともかく、もう一度、やってみることにした。（『読売新聞』一九六八年六月七日夕刊　柴田錬三郎「出世作のころ　感激のない受賞」より）

こうして出来上がったのが「イエスの裔」だ。っていうわけですが、つくりバナシの大好きな柴田さんですから、木々さんの励ましがどこまで大きな後押しになったのかはわかりません。その木々さんは、『三田』陣営の小島政二郎さんとともに、第五十四回（一九六五年・下半期）をもって直木賞委員をお払い箱になってしまいます。後釜として主催者から声がかかったのが、この間、誰がどこから見ても流行作家になっていた柴田さんです。

そりゃあ柴田さんは、何といっても「文芸」には一家言をもっています。文芸っぽいナリをして悦に入っているような純文芸系統の候補作には、まるで食指が動かず、さりとて「実績重

視」の生ぬるい選考にも違和感をおぼえた。……のかもしれません。就任四年にして、こうこぼすようになります。

直木賞は、やはり、大衆小説に与えられるべき賞であり、ストーリーの奇抜さなど、最も重要視すべきか、と考える。（『オール讀物』一九七〇年十月号　第六十三回選評）

ひねくれモノ柴田錬三郎の本領ここにあり、といったところでしょう。「文学賞は、いわゆる文学に与えたい」とか気取ったりしません。最重要項目に「ストーリーの奇抜さ」を挙げちゃうんですよ、ブラボーすぎるでしょ。他の文学賞ならともかく、直木賞なんちゅう文学の傍流にある（ひょっとして傍流にすらない）場で、文学であることを重視するなんて、なかばボタンを掛け違えていますもんね。

とはいえ、まだこのころは、柴田さんも、「面白いだけでは授賞に値しない」っていう、典型的な直木賞観から脱け出せていませんでした。広瀬正さんの『マイナス・ゼロ』に対して、

面白い点では、いちばん面白かったが、ただそれだけのことで、いったい、なんのためにこんなに努力して、多くの枚数をついやしたのか、作家の情熱は、ただ、読者をおどろかせたり、面白がらせたりするためにだけ、わきたつものではなかろう。（『オール讀物』一九七一年四月号）

などと言い、広瀬正を三度にわたって落としつづけたボンクラ選考委員の一員として名を刻んでしまいます。

ところが、一九七〇年代も後半になっていくにつれ、柴田さんの「ウソっぱち小説」擁護は、みるみる進行。第七十三回（一九七五年・上半期）では、

純文学の題材のくだらなさは、目を掩わしむるものがあるが、一般大衆を対象としているはずの「直木賞候補作品」もまた、ほとんど退屈きわまるストーリイを、陳腐に展開している。（『オール讀物』一九七五年十月号）

と気炎を吐き、第七十五回（一九七六年・上半期）では、ついに具体的な作品名を挙げて、純文学叩きに精を出します。

今回、該当作がなかったのは、かならずしも、候補作品のレベルがひくかったからだ、とは思わない。（引用者中略）すくなくとも、今回の芥川賞の「限りなく透明に近いブルー」という、題名そのものさえ日本語になっていない、公衆便所の落書を清書したような作品よりも、前述の候補作品（引用者注：『神を信ぜず』『サバンナ』「咆哮は消えた」「山桜」）の方が、質の上でも、上にある、と考えられる。（『オール讀物』一九七六年九月号）

「直木賞は文学作品に」としつこくこだわるステレオタイプな委員とは、また違った意味で厳しい目を光らせるようになりました。

その柴田さんの目の前に突如、お気に入りの作家が現われます。第七十六回（一九七六年・下半期）のときです。新人大好き、ストーリー性大好きの柴田さんが、口を極めて賛辞を送った人。三浦浩さんの登場です。

三浦さんは、京都大学時代に「京大作家集団」に属し、卒業後は産経新聞記者として司馬遼太郎さんと机を並べていた人です。北川荘平さん、小松左京さんにつづいて、「京大作家集団」から生まれた三人目の直木賞候補者になりました。

このときの候補作『さらば静かなる時』は、まだ三浦さんが在職中のときに書き下ろしで出版したもの。これを文藝春秋の予選委員会に売り込んだ（？）のは、当時の文藝春秋編集者、高橋一清さんによれば、旧友の小松左京さんだったそうです。

・・・

『さらば静かなる時』は、日本海軍で士官を務め、戦後イギリスの大学で客員教授になった男を軸にして、第二次大戦から尾をひく国際謀略をストーリーにからませた〈つくりもの〉小説です。ハードボイルド調のサスペンス好きにはたまらん一作でしょう。

これと直木賞を争ったのが、バリバリの私小説、匂うほどの「文芸」っぽさを放つ三好京三『子育てごっこ』でした。これぞまさしく、つまらん純文芸くずれ。と柴田さん、『子育てごったのです。

こ』を批判しようとするその反動もあったとは思いますが、『さらば静かなる時』を大激賞し

私は、「さらば静かなる時」（三浦浩）を推した。

このスリラー小説には、現代の息吹きがある。ロンドン・パリ・京都を舞台にして、その視点を、今日の地球上の情勢の無気味な陰の世界へ置いている。

リアリティがない、という批判もあったが、はじめから作りものに、リアリティがあるはずがない。（引用者中略）

私は、直木賞は、「花も実もある絵そらごと」の面白さを、いかに巧妙に、現代の視点で書いたか——そういう小説に、与えるべきだ、と考える。（『オール讀物』一九七七年四月号「絵空事の面白さ」より）

つくりもので何が悪いんだ、と開き直っています。このオジサンを、もう誰も止められません。一年後の第七十八回（一九七七年・下半期）には、ふたたび三浦さんの『優しい滞在』が候補作に挙がります。久しぶりに日本に帰国した日系二世のカメラマンのまわりに、犯罪めいた不穏な展開が待っているという、相変わらずのミウラ・イズ・サスペンスフル、といった作品で、三浦文持派の司馬さんが弱腰になるのもかまわず、柴田さんは、とにかくこれを推しまくります。

私事で恐縮であるが、昨秋より入院療養中のため、選考の席に就いても、体力も気力も乏しかった。

それでも、私は、「優しい滞在」（三浦浩）の受賞に、さいごまで執着した。これは、前作「さらば静かなる時」とあわせて考えて、この作者が、将来一方のリーダーとなる力量の持主と確信したからである。前作に比べて、犯罪の設定にいささか無理があるが、文章のスマートさ、テンポの快調は申し分なかった。（『オール讀物』一九七八年四月号「三浦氏に執着する」より）

選評の題が「三浦氏に執着する」ですよ。どんだけ熱をあげていたのかがわかろうってもんです。

引用したとおり、柴田さんはすでにこのとき、体調の悪さを吐露していましたが、数か月後にたおれてしまい、あの世へとおさらば。三浦推しの精神は、その後、村上元三さんに引き継がれ（って、村上さんは最初から三浦作品に好意的でしたけど）、三浦さんは『津和野物語』（第九十七回）『海外特派員』（第九十八回）と候補となって、けっこうイイ線までは行ったのですが、賞に縁のない作家のままでした。

先に紹介した高橋一清さんは、『津和野物語』が単行本化されるときの担当編集者でもあり、三浦さんに直木賞をとってほしいと願っていました。『海外特派員』で落ちてから四年後には、ネルドリップのコーヒーを創始したという父・三浦義武のことを小説にしませんかと提案します。この題材で三浦さんの力なら、きっと直木賞にふさわしいものになるはずだ！　と思ったらしいんですが、このとき三浦さんがどう答えたか。

優れた味覚と嗅覚（きゅうかく）を持ち、ネルドリップのコーヒーを創始し、戦前、東京日本橋の白木屋で文化人に味と香りの至福の時を提供した男の一代記こそ、直木賞にふさわしいと思ったからだ。しかし、手厳しい返事であった。

「見損なっちゃいけねえぜ。俺は私小説なんか書くもんか。作り話で人を驚かせてやらあ」（二〇一〇年五月・山陰中央新報社刊『人物しまね文学館』所収　高橋一清「三浦浩」より）

直木賞っぽい小説の依頼にもかかわらず（いや、だからこそ）敢然と蹴る三浦さん。もう胸のすくような快い場面ではないですか。

この候補者にして、「大ボラ歓迎」の選考委員・柴田錬三郎の存在もまた、いっそう際立つというものです。相性ぴったりのご両人。スポットライトの当たる直木賞の影にかくれて、ひっそりと小さな恋を咲かせました（……恋じゃないか）。

候補者は直木賞ねらいの小説を書きがち

選考委員のほうが折れることもあります

――浅田次郎と池井戸潤について

浅田次郎さんは第一三七回（二〇〇七年・上半期）から選考委員を務めています。その選評にある特徴といえば何でしょう。

これはもう、衒(てら)い・オブ・ザ・衒い、というしかありません。小説であれば、おお、さすが浅田さん、熟練工のワザだ、じーんとくるねえ、とすんなり受け入れられるのに、選評でこれをやられちゃうと、途端に「浮く」と言いますか、気張った観がとにかく息苦しいです。

平和で豊かな世の中というのも、こと文学にとっては考えもので、小説家は本来文学の核となるべき苦悩を個人的に探し回らねばならない。（引用者中略）文学の核たるべき苦悩を免れたわれわれが「漠然たる不安」などと言わずにどうすれば小説をなしうるのかと、真剣に考えさせられる選考会であった。（『オール讀物』二〇〇八年九月号　浅田次郎「文学の核」より）

律儀でまじめなのは素晴らしいことです。でも、もっと肩の力ぬいていきましょうよ。たかが、八十年ぽっちの歴史しかないクサレ読物小説の一興行なんすから。
と言っても、届かないでしょう、浅田さんには。なにしろ浅田さんは、直木賞こそ新人文学賞界の頂点であり、そこでは、フォーマルに堅苦しく、仰々しい訓示を垂れなければいけない、と思っている節が（たぶん）あります。ずっと小説家になりたいと思って生活を送ってきた人ですからね、常人とは相容れない直木賞観を育んできたとしてもおかしくはありません。

老いも若きもいまの作家はほとんどワープロを使っているが、浅田は「古色蒼然たる手書き」で原稿を書いている。（引用者中略）妙に古風な性格の浅田は、やはり「小説は、自分の手で書きたい」のである。かつてノーベル文学賞作家の川端康成も使っていたという「桝屋」の原稿用紙――黄色い紙に赤い罫の入った原稿用紙に、愛用の万年筆で一字一字書いていく。
（一九九九年二月・本の森出版センター刊『浅田次郎ルリ色人生講座　浅田次郎物語』より）

と、「妙に古風」だと紹介されるほどに、昔ながらのものには目がありません。昔からえんえんと文壇界隈で醸成されてきた、直木賞を権威と見なす考え方に対して、ほとんど抵抗感がないのもうなずけます（無理やりうなずいておくことにします）。
ご自身も、こんなことを言っています。

浅田　僕は新しいものを読む習慣がなく、古いものばっかり読んできました。まあ文章にも表れていると思いますが。古いものを面白がって一生懸命に読む、という……。類型化された泣きパターンとか笑いパターン、あるいは人間関係のパターンというのは古典の中に皆集約されているわけです。（一九九六年十一月・光文社刊　大沢在昌他著『エンパラ　大沢在昌対談集』所収「浅田次郎は読者に福音を授けたい」より）

たしかに直木賞の選評で、古典がどうの、類型がどうのと語る浅田さんの姿を何度も見てきた気がしますよね。とにかくそうやって型にはめて、型のなかで候補作がどういう位置づけにあるか、みたいな論評をするのが浅田選評のフォーマットと化しています。

以前、吉川英治文学新人賞とか山本周五郎賞の選考委員をしているときには、もうちょっと、そこら辺を抑え目に選評を書いていたように思うんですが、直木賞では、一躍「衒いの浅田」といえるような街道を驀進中。そのうち、旧字旧かなとか、古文調で書きはじめる日がくるんじゃないか、とヒヤヒヤします。いや、ワクワクします。

やはり、浅田さんにとって直木賞は特別である、その委員ともなれば、格調高く書かなければならない、みたいな感覚があるんでしょうか。あるんだろうな。と勝手に解釈して、先に進みます。

さあここで、浅田選考委員に相対していただく候補作家は、池井戸潤さんです。二〇一三年、最も世の人々を虜にした小説家……というか、ドラマ原作者の地位にのぼってしまった、昔は人気もそこそこで、いくつもの文学賞からダメ出しを食らい、それでも何といわれようが我が道を貫いて、結局、直木賞のほうが折れた、という経歴をお持ちのあの池井戸さんです。浅田さんは、かつて福井晴敏さんの候補作を選考したとき、こんな表現を使っていました。

何の因果か、私はこの作家の手になる小説を、好むと好まざるとにかかわらずすべて読まねばならぬ運命を背負っている。（『小説新潮』二〇〇六年七月号「夏のお買物」より）

その観点からすれば、池井戸さんの作品と格闘する選考委員としても、浅田さんほどの適任者はいません。

かつて浅田さんは、今では人にくわしく明かせない（？）裏稼業でガッポガッポと金を稼ぎ、『極道界―あなたの隣のコワイお兄さんたち』（一九九三年六月・イースト・プレス／イースト文庫）だの『初等ヤクザの犯罪学教室』（一九九三年十二月・ベストセラーズ／ワニの本）だのと、ホント半分・ウソ半分のヤクザ物で売り出すかたわらで、ブティック経営に采配をふるう零細企業のオーナーだった人。

かたや池井戸さんは、銀行員時代には中小企業への融資担当、辞めて独立したあとは『お金を借りる会社の心得銀行取扱説明書』（一九九六年五月・中経出版刊）だの『貸し渋りに勝つ銀行借入れはこうする』（一九九八年六月・日本実業出版社刊）だのと、ビジネス書の書き手となり、オモテやウラのおカネの話、あるいは中小零細の経営者像をからませた――浅田さんの昔のフィールドに重なる――小説で、グググッと頭角を現わす。

はぐれ外道からのし上がった成金おじさんVS.エリート街道から物書きになった颯爽たるビジネスマンが、ここに相まみえたのです。……というのは、かなり妄想が走りすぎた図式でした、すみません。

ただ、少なくとも、こうは言えるでしょう。文学文学と小うるさい文学亡者VS.えっ？　ぼく文学を書こうと思ったことなんて一度もないんですけど、っていう読み物作家。これも昔から直木賞では人気のある、流血必至の因縁試合です。

・・・

十年に及ぶ浅田さんの長い戦いが始まりました。

――まずは初戦です。対・池井戸潤『M1』戦。二〇〇一年三月五日、於・第二十二回吉川英治文学新人賞。

「アイデアばかりを集積させた感を否めなかった。」（『群像』二〇〇一年五月号「「才気」と「完成度」と「熱量」」より）

余裕も余裕。あっさりといなして、かすり傷ひとつ負わず、浅田さん、颯爽（さっそう）と会場を後にしました。

――つづいて二回戦は、時間が空きまして六年後。もりもりと力をつけた相手が、再びリングにやってきます。対・池井戸潤『空飛ぶタイヤ』戦。二〇〇七年三月一日、於・第二十八回吉川英治文学新人賞。

実に読ませる作品であったが、膨大な数の登場人物に未整理の感が否めなかった。しかしこの種の社会派小説の書き手は、まことに貴重な存在である。（『小説現代』二〇〇七年四月号「五つの個性」より）

初戦では路傍の犬を蹴飛ばすようにあしらった浅田さんも、ちらっと目を向けた様子がうかがえますが、しかし汗ひとつ掻かずに、さらりと終了。「まことに貴重な存在である。」……ええ、そうでしょうそうでしょう。そのくらいの言葉でとどめておくのが、浅田さんの貫禄を引き立てて賢明です。

——さらに二年後、三回戦が訪れました。対・池井戸潤『オレたち花のバブル組』戦。二〇〇九年五月十九日、於・第二十二回山本周五郎賞。このとき浅田さんは、各候補作を建造物に見立てて評するという、かなりトリッキーな技を使っていまして、立ち向かう池井戸さんを受け止めます。

外装は近代的に見えるが、一介の中間管理職が組織の巨悪に立ち向かうという基本構図は、企業小説の古典的様式である。鑑賞者にとっての得手不得手はあろうけれど、読みやすくわかりやすく面白いという、建造物の基準は十分に満たしている。難をいうなら登場人物が繁多で個性に欠けること、またシリアスなのかコミカルなのか、どっちつかずの印象があること、あるいは二つの独立した案件をひとつの建物に押しこめたこと、などであろうか。（『小説新潮』二〇〇九年七月号「シャンハイ・ムーン」より）

山周賞では、石田衣良さんも辟易するほどに長い選評を書かなきゃいけないので、浅田さんも、けっこうまともに池井戸作品を評する必要があります。オレはあまたの企業小説を読んできたんだ、こんなもの新鮮でも何でもないよ、とここで浅田さんお得意の「文学史のなかで候補作を語る」技を繰り出し、難なく斥けました。

――四回戦。お待たせしました。いよいよ舞台は直木賞です。対・池井戸潤『鉄の骨』戦。二〇一〇年一月十四日、於・第一四二回直木賞。

社会小説として読む分には興味深いが、文学性の欠如はいかんともしがたかった。この種の小説を文学とするためには、物語の重心を社会事象に置かず、事象に翻弄され苦悩する人間に焦点を定めるほかはない。そのほかの手法が実にまったくないことは、先人の著作を多少なりとも解析すれば明らかである。（『オール讀物』二〇一〇年三月号「受賞作あり、推賞作なし。」より）

いやだから「先人の著作」と比べたらこんなもの駄目でしょ、と繰り返します。徹底した対応ぶりです。

しかも今度は連戦が組まれ、二か月後にもう一度、同じ相手とぶつかることになりました。「文学性」なる盾をもつ浅田さんの手にも、おのずと力が入ります。

――五回戦。ふたたび対・池井戸潤『鉄の骨』戦。二〇一〇年三月五日、於・第三十一回吉川英治文学新人賞。

読み物としてはたしかに面白く、内容も興味深いのだが、文学賞である限りは文学性を問うべきであるというのが、私の率直な主張である。（『群像』二〇一〇年五月号「意想外の結果」より）

文学性……。「先人」選考委員たちの得意技を盗み、わがものとしたという観のある、いぶし銀の伝統技を持ってきました。四回戦、五回戦あたりの展開には、ワタクシも観客として胸が熱くなりましたよ。いったい「文学性」がどこまで持ちこたえられるのか。ハラハラドキドキです。

――池井戸さん、間髪入れません。翌年には六回戦が行われることになります。対・池井戸潤『下町ロケット』戦。二〇一一年五月十七日、於・第二十四回山本周五郎賞。今度の浅田さんのコスチュームは、候補作＝患者、を診察する医師役です。

劇的な改善である。これまでで最も状態がよい、と断言できる。しかし根本的な治癒とまでは言いがたい。つまり、「寛解(かんかい)」である。

この患者さんには、善人と悪人をはなから規定する癖があって、それが世界観なのか小説観なのかはわからないけれども、要するに良く言えばわかりやすく、悪くいうなら単純に過ぎる。文学は宗教説話ではない。むしろ宗教に対する文化的抵抗運動が、近代文学の基礎になった。すなわち、悪の論理を描いてこそのわれらが文学なのである。

では、どこが改善したのかというと、その反動的退行的作風が、町工場VS大企業という物語の構造にみごと嵌まった。ゆえに読者は、ほとんど手放しで感動し、啓発もされる。理屈はともかく結果からすれば、文学の使命を果たしたのである。（『小説新潮』二〇一一年七月号「文学という病気」より）

不承不承、といった感じです。「退行的作風」って、どう考えても一発でいいから腹にパンチ入れたろう、みたいな表現でしょ。さすがに六度も対戦して疲れ果てたよ、相手に対する観客からの声援も日ごと大きくなるし、まあ認めざるを得ない、という空気が、二人を包み始めました。

これで終わりかと思ったら、えっ、まだ来るの、と言わんばかりに今度も連戦となってしまい、あわてて体勢を整える浅田さん。

――七回戦。対・池井戸潤『下町ロケット』戦。二〇一一年七月十四日、於・第一四五回直木賞。

池井戸潤氏『下町ロケット』については、文学性のありかが焦点となった。ただし、そうした絶対的基準、あるいは他の候補作との相対的比較、といった評価方法以外に、いくたびも文学賞候補に上っている氏の作品には、第三の基準とでもいうべきものが働いた。つまりこれまでの作品に較べて、明らかにすぐれているのである。こうした考え方には異論もあろうが、少くとも自己の小説世界を着実に積み上げて、その精華というべきこの作品を獲得したという事実は、創作者が範とするべきであり、賞讃に価すると思った。（引用者中略）

総じて今回の候補作が、過去の選考会なみの水準に達していたとは思えない。本来ありうべからざる評価方法まで検討したのはそのせいで、私も口は悪いが根は善人だなと、反省しきりである。（『オール讀物』二〇一一年九月号「善意」より）

ぬふ。これを憎まれ口と言わずして何と呼ぶのでしょう。

しかしそれでも、相手に華をもたせる辺り、浅田さんのパフォーマンスが光っています。授賞と決まった『下町ロケット』に対して、もう攻撃する気は残っておらず、相手を讃え、自分も傷つかず、さっと身をひく判断力。ぶざまな姿はさらせませんもんね。直木賞という晴れがましい舞台で。

……いや、これですべてが終わったわけではないのでした。頼まれたら、どんなつらい仕事でも引き受けちゃう、と言いながら、浅田さんは、直木賞をとった人のために用意されているようないくつかの文学賞でも、すでに選考委員を拝命しています。文学性はないけど人気バッグンな池井戸作品。いったい手放しで賞讃する日はくるのでしょうか。

ただ、それらの文学賞はたいてい、候補が非公表なので無観客試合。浅田さんの奮闘ぶりを見ることができないのが、ワタクシは残念でなりません。

6 直木賞はなくてもいい。けど、あったっていい、ですよね？

執念

直木賞をつくったのは菊池寛

いえ、佐佐木茂索です

——佐佐木茂索について

「賞をつくる」とひと言でいっても、いろんな意味が含まれます。

一般的に言われているのは、「直木賞をつくったのは菊池寛だ」っていう巷説です。ワタクシもうっかり、「菊池寛の創設の理念からすれば……」などと脇の甘い表現を使っちゃうことが、たびたびあります。

しかし冷静に考えると、直木賞をつくったのが菊池寛さんか。と言われれば、かなり疑わしいです。役割の大きさ、深さ、意義、もろもろ考えたら、「直木賞の創設者」と呼んでふさわしいのは佐佐木茂索さんのほうでしょう。

いちばん最初に「直木賞と芥川賞っていうの、つくろうぜ」と言い出したのは、たしかに菊池さんです。でも、これが世界初・日本初の文学賞でない以上、言い出したことにさほどの先見性は見出せません。

文学賞を事業のひとつと考え、どういうものにすれば意義があるか。どのように運営すれば長く続くか。検討し、実践していくことのほうが、いかに大切か。しかもその構想したとおりに何年も何十年も事業が生き残った、っていう現実をみたとき、やはり一九三四年にこの企画を実現させた人にこそ、「直木賞の創設者」の称号を与えるべきです。

たぶん直木三十五さんも、この意見には賛成してくれそうな気がします。菊池寛には経営の才能なんかないじゃん、佐佐木茂索のほうがエラいぞ！　などと言っていた方ですから。

（引用者注：菊池寛について）文藝春秋社の経営の才能を云々する人があるが、大間違ひである。「演劇新潮」も「婦人サロン」もつぶれたし、二度大穴を空けられて知らないし、うまく行つてゐるのは「文藝春秋」だけなのを見るとき、何處に腕があるかと云ひたい。この点、佐々木（原文ママ）茂索の方が遥かにえらい。（『読売新聞』一九三四年二月八日　直木三十五「註文帳（1）」より）

続けること、いや、続けられるような基礎を練り込む才は、たしかに菊池寛より佐佐木さんのほうに軍配が上がると思います。

佐佐木さんは次のような文でも、謙虚に人の手柄のように語っていますが、

最初の菊池案は生原稿を審査して、いいものに芥川賞、直木賞をやろうじゃないかということだった。（引用者中略）これはあくまで菊池氏が思いついたことでね、その案によって草案を作ってみた。しかしこれじゃ懸賞小説みたいなもので、ただ、ナンとか賞というだけであって、それ以上の意味がない。それで各新聞の学芸部、文化部の記者諸君に、相談かたがた、

それでよければ発表するというつもりで、東京新聞の裏の、ナンとかいったな……花の茶屋という料理屋に集まって貰った。毎日の岩崎君なんかいたのを憶えている。そのとき、原案のままじゃ面白くないじゃないか、印刷されたものでも、新人であればいいじゃないか、文藝春秋へ生原稿で投書して来たものだけを対象にしないほうがいいんじゃないか、という意見があった。それは名案だと思ったので、翌日だったか、菊池と相談して、いまあるような芥川賞にして、広く発表されたものも対象にするということになったわけです。（『文學界』一九五九年三月号　佐佐木茂索、永井龍男「芥川賞の生れるまで」より）

じっさい「それは名案だと思った」っていう佐佐木さんの感覚こそが、いまの直木賞（と芥川賞）の土台となったことは、もう誰が見たってわかります。

・・・

でも、どうか安心してください。みんながみんな、「直木賞・芥川賞といったら菊池寛でしょ？佐佐木茂索なんて下っ端じゃん」などと言って、佐佐木さんをないがしろにしてきたわけではありません。佐佐木さんの重要性を懇切丁寧に説いた文学賞マニア（おっと、失礼）もしっかりと存在していています。

小田切進さんです。

文藝春秋社をつくり、芥川賞をおこしたのは勿論菊池寛をおいてほかにないが、文藝春秋社も芥川賞も、これを育てて基礎をきずいたのは佐佐木茂索にほかならなかった。永井龍男の『回想の芥川・直木賞』をのぞけば、芥川賞について書かれた多くの文章があるけれども、ほとんど佐佐木の功績にはふれていない。それはそれでやむを得ないのかもしれぬが、わたしには芥川・直木賞は佐佐木の力にあずかるところが大きく、佐佐木あっての芥川・直木賞の半世紀だったと思われてならないのである。（一九八三年七月・文藝春秋刊『芥川賞小事典』所収　小田切進「芥川賞の半世紀—その創設と歴史—」より）

同感です。

最初の最初で佐佐木さんが中心とならなければ、きっと大成功には結びつかなかったと思います。なにしろ直木賞・芥川賞は、ルールづくりから始めなきゃいけませんでした。ルールのないところ、いくら掛け声だけがあっても、文学賞は始められません。

そしてルールをつくるのが、苦手な菊池寛、得意な佐佐木茂索、っていう対比はよく知られたところでもあります。

『三十五年史稿』の口絵写真には菊池がピンポンをしているところがあるが、いかにもうれしそうな顔である。しかし、執務時間中に、職場にピンポン台をすえて、往復するピンポン玉の音が聞えては仕事の気分にならない。これも禁止が当然である。

この「禁止令」をだれよりも実践につとめたのが茂索専務であった。（引用者中略）だが、こうした茂索の「実物教育」も菊池の欲望によって役に立たず、阿部真之助が書くように、社長が率先して禁止令を破ってしまった。（一九八二年十月・文藝春秋刊　松本清張著『形影　菊池寛と佐佐木茂索』より）

これですからね。やっぱ菊池さんは、「実質上の選考委員長」ぐらいが関の山で、びしっと規定をつくり、カネ勘定もして、選考委員たちを集め、膨大な雑誌のなかから第一回の受賞にまでこぎつけた佐佐木さんの力こそ、直木賞の出発点だった、としか思えません。そして小田切さんご指摘のとおり、佐佐木さんの実績は、一九三五年だけのハナシじゃないのです。

戦後、菊池寛さんがポイと投げ出した文藝春秋社を、芥川賞を、やめることなく継続させたのは誰だったのか。

直木賞に関していうと、菊池さんは勝手に香西昇さんらの泡沫企業にまかせちゃうのですが、案の定といおうか、その日比谷出版社はすぐに倒産。直木賞存続の危機を迎えます。そのとき、文春側にひきとってくれた恩人は誰だったのか。

「戦後は文春社員が露骨に選考に口出ししてくるようになって、イヤだなあ」とブーブー文句を垂れる芥川賞委員に、「ねえ、茂索さん、あんたも選考会に参加してよ。そうじゃなきゃ安心できないよ」と請われ、出席し、円滑な選考会運営に寄与した社長は誰だったのか。

一九六六年、死の直前にいたっても、小島政二郎に直木賞委員解任を申し渡したなどとゴシップを流され、直木賞を盛り上げることに貢献したのは誰だったのか。

小説や戯曲は、たとえ書いた本人が死んでも、後世にのこり、永らく生きつづけることがあります。でも文学賞はどうでしょう。どれほど権威あると言われた賞も、終わってしまえば、注目する人は急速に減り、いずれは忘れ去られる運命にある。はかないです。悲しいです。

菊池さんは飽きっぽい人でした。事業を後にのこす、なんて感覚がどこまであったのか、はなはだ疑問です。自分がイヤになったらさっさと文藝春秋社を解散しちゃうぐらいの人ですからね。

その意味で、一般的に文学賞にとって最も恩があるのは、つづけた人ではないのかと。これが佐佐木さんの場合は、つくった人であって、プラスつづけた人でもある。どう見ても、菊池寛よりエラいです。

大正期の小説家としての佐佐木茂索のことは、よく知りません。ワタクシにとって佐佐木さんとは、「直木賞・芥川賞をつくった男」です。はっきり言って、そのことだけで評価されてもいいぐらいの人だ、とすら思います。

みんな直木賞をとりたがる

とりたがりすぎるのも、また個性
――胡桃沢耕史について

そうです、胡桃沢耕史さん。あなたこそ、直木賞マンのなかの直木賞マン。とるまでの経緯も、とってからの歩みも、過去もっとも直木賞らしさを体現した人、と呼んで何の問題がありましょうか（とりあえず問題ないことにしといてください）。

直木賞がとりたいんだ、欲しいんだと、あたり憚（はばか）らず公言して、三度候補になりながら落選。四度目にして、決して自分の作風をフルパワーで発揮したとはいえない、お行儀のいい小説で受賞してしまったという意味でも、直木賞っぽさ満点の男。

「どんなことしてでも直木賞をとりたいんだ」と強く希望する諸兄は、ぜひ胡桃沢さんの遺した数々の文章を読んでみてください。感化される部分がきっとあるはずです。こんな凄絶な生き方を真似したいかどうかは、また別でしょうけど。

胡桃沢さんが直木賞について書いたもので、おそらく最も手に入りやすいのが『青木賞の取り方』（一九九二年九月・光文社／光文社文庫）の表題作「青木賞の取り方」だと思います。

なにせ、正真正銘、直木賞をとった人が、こんなタイトルで本を出すんですから、さぞかし実になる知識が満載のはずです。

と思わせといて、内容はどこまでが嘘でどこからが真かわからないパロディ色の強い短篇小説。実在の人名の置き換えがひんぱつして、澄川正太郎（清水正二郎）にはじまり、大崎乙機（尾崎秀樹）だの永江田鶴夫（永井龍男）だの井筒安高（筒井康隆）だのと、それはそれで楽しく読めるんですが、読み終わって何だか物足りない気分になった人も多いと思います（ワタクシだ）。

そんな方は、文庫解説で山前譲さんが書いているように、やはり『翔んでる人生』（一九九一年四月・廣済堂出版刊）を手にとるのが最善です。

膨大な創作量に比べて、あまり自分自身について書いたものを遺さなかった胡桃沢さんですが（あくまで創作に比べて、ですよ）、本書は、受賞して八年後に出した貴重なエッセイ集です。直木賞のことを語っているのは、最後の二篇「歪んでしまった魂」と「直木賞の取り方を教えます」。とにかく、自分ほど直木賞に思い入れの深い作家はいないと自負する方ですから、直木賞に関してズバズバと率直に語っています。

直木賞の選考委員は技巧のうまい作品を嫌う傾向にある。エンターテインメントの技巧を評価しない。書き手がいくら腕達者でも文学性というのがあまり濃くない作品は落とされる。仕掛けや謎ときがどんなにうまくてもだめだということだ。（引用者中略）

ぼくは直木賞と芥川賞は画然と差をつけなければいけないと思っている。作品の文学性は芥川賞に任せる。そして娯楽性とまではいわないけれど、大衆に喜ばれる要素を持った面白い小説を直木賞にする。こういう区別をしないと、当の直木三十五に申し訳ない。実際、直木三十五の小説は面白かった。（「直木賞の取り方を教えます」より）

この考え方に、ワタクシも賛成です。

ただ、たかがエンタメ小説を評価するだけの直木賞が、むりくり背伸びして「文学性」を追い求め、狙いどおりか偶然にか、権威権威と持ち上げられ続けてきたことと、そこからはじき飛ばされた楽しい小説、読み手をワクワクさせてくれる作家たちとの、せめぎ合い、格闘の歴史があるからこそ（そして今もそれが続いているからこそ）、直木賞は文学賞としてバッグンに面白いんですよね。だから、それはそれでいいとも思います。

胡桃沢さんの候補作でいうと、ワタクシ個人的には、「ロン・コン」「ロン・コンＰＡＲＴⅡ」（第八十五回　一九八一年・上半期）、『ぼくの小さな祖国』（第八十七回　一九八二年・上半期）、『天山を越えて』（第八十八回　一九八二年・下半期）の三つの落選作のほうが好きです。大ボラをふきながら、読者を楽しませようとする胡桃沢さんの気持ちが、がんがん伝わってくるからです。

しかし、そういったウソっぱち小説でとれなかったので「イヤだけど一回だけ私小説を書く」と決心。文藝春秋の編集者、豊田健次さんに、直木賞をとりたいならそうしなさい、と言われたのだと、『黒パン俘虜記』（第八十九回　一九八三年・上半期）の受賞後にやたら証言しまくりました。

じっさいは『黒パン俘虜記』の連載は、最初に候補になったあと間もなく始まっていますので、「本意じゃなかったけど、最後の最後、しかたなく直木賞が欲しくて書いた」っていうストーリーを強調したい胡桃沢さんの、パフォーマンスの意味合いが強い回想だったかと思います。

だいたい、私小説らしき候補作が落選した例は、それまでいくらでもありました。べつにそれを書けばとれる、なんて保証はどこにもありません。胡桃沢さんの場合、実績を評価された面が大きいので、直木賞を欲しがる良い子のみんなは真似しちゃいけませんよ。

・・・

落選した候補のなかでも、胡桃沢さん自信の一作だったのが、『天山を越えて』です。

その魅力は、「ロマンあふれる」だとか、「壮大な構想」だとか、「現代と過去、さらなる過去が入り組み合う、練りに練られた構成」だとか、そういう言葉で語ってもいいです。ワタクシもそんな世界に酔わされました。しかしワタクシにとってのいちばんの魅力は、胡桃沢さんが、直木賞をとろうとして、おのれの直木賞に対する怨念（ちゅうか夢）を作品のなかに塗り込めたところにあります。物語の重要な背景として「直木賞」のことがはっきりと描かれているんです。

当時の文春編集者が、よくぞこういう作品を候補作に残してくれたな、と感心・感動するわけですけど、作品の内部にまで直木賞を忍び込ませてしまう「直木賞をとりたいのだ！」っていう熱意をしっかり受け止めての候補選出、だったのかもしれません。

主人公の衛藤良丸は七十一歳のおじいさん。約二十年前にただ一度だけ、同人誌に小説を発表したことがある、っていう設定になっています。題名は「東干（トンガン）」。

これが、「文壇の登竜門とされている、有名な文学賞の候補作品になった」(『天山を越えて』より)ということで、「東干」の全文が、そのまま『天山を越えて』の「二章」になっていまして、三章の冒頭では「東干」が文学賞の選考会でどんな扱いを受けたかが語られます。

会議では作品としての本質的な構成上のむじゅんを衝く意見が多く出された。(引用者中略)つい前年に赤穂義士の切腹の直前のことを、義士当人の述懐で書いた作品が候補に上ったことがあるが、では腹を切るため刑場に向う直前の人がどうしてこんなことを書き残すことができたかということであっさり落選した。これも全く同じだ。

こんな風で会議では、作品の内容は最初から問題にもされなかったらしい。(同書「三章」より)

赤穂義士の切腹うんぬん、とか妙に具体的に紹介しているのは、ほんとにそういう作品が直木賞の候補に挙がり、落とされたことがあったからです。第三十九回(一九五八年・上半期)候補の田中敏樹さん「切腹九人目」。胡桃沢さんと同じく、オール新人杯(のちのオール讀物新人賞)を受賞した人でした。

要するに、こういう例を出すことで、「選考委員たちってのは、物語の内容とは関係のないトコばっかりあげつらうような連中なのだ」と作者がこっそり揶揄しているのにお気づきでしょう。さらに強烈な皮肉がつづきます。

架空のホラ話で、文学的な物の何一つ存在しない個人のたわごとを、貴重な誌面を使って、紹介する必要はない。
それが(引用者注:衛藤の属する同人誌の仲間たち)全員一致の意見であった。
勿論、当時、文学賞の審査に当った先輩作家の意見も最終的には、これと同じようなものだったろう。(同)

つくり話=フィクションを「架空のホラ話」として馬鹿にする連中。しかし、彼らがホラと思い込み、無価値なものと切り捨てた作品が、じつは衛藤がじっさいに経験したことだった。というのが『天山を越えて』のスジなのです。……読み進めるうち、そのことがわかった瞬間、われわれ読者の目のまえに、選考委員たちの阿呆さが際立って映るように、胡桃沢さんが仕組んだわけですね。

しかも「東干」という題名の小説は、胡桃沢さん本人が、まだ『近代説話』に属してまじめに(?)直木賞をめざしていた一九六一年に、現実に発表したものでもあります。『近代説話』はごぞんじ、司馬遼太郎、寺内大吉、黒岩重吾、伊藤桂一、永井路子と五人の直木賞受賞者を生んだ、直木賞史のなかで輝かしく光る同人誌です。

当時、胡桃沢さんが書いた「東干」の主人公の名前は「佐藤佐藤」。これを作中に使った『天山を越えて』の主役は「衛藤衛藤」。九州より南の島で生まれ、上京後に結婚、婿養子に入ったことで姓と名が同じになった、鍾馗ヒゲをたくわえた男。ということで、モデルは明らかに、

『近代説話』で胡桃沢さんとともに精進した仲間、斎藤芳樹さん（元の名前は斎藤斎藤）でしょう。『天山を越えて』には、こんなふうに『近代説話』時代を思い起こさせる要素がいくつかしのばせてあります。

まわりの仲間が次々と直木賞をとる姿を、ゆびをくわえて（？）ながめ、いつかおれも直木賞をとるんだと夢みながら、けっきょく果たせなかった甘酸っぱくも苦い時代だったはずです。その後の道のりは、胡桃沢さん自身「魂まで変形してしまう」ほどにつらいものだった、と言います。直木賞に本気で挑戦できる立場になった時期に、こういうものをわざわざつぎ込んで一作こしらえ、さあ直木賞よ、いまこそ評価してみろ、と果たし状を投げつけた。っていう意味でも、胡桃沢さん渾身の作品なのでした。

・・・

この自信作が落選。つづいて書いた私小説もの『黒パン俘虜記』でようやく受賞。と、ほとんど意地のようにして直木賞までたどりつきました。

『黒パン俘虜記』のような（あんまり面白くない）小説でもとれたのは、作品内容だけを唯一の選考基準としないユルユル直木賞なればこその展開だったわけですが、文壇ゴシップ（？）を招きあがった直木三十五よろしく、胡桃沢さんもまた、新聞紙面を飾るほどのゴシップを招き寄せます。

城山三郎さんが、「直木賞の選考に違和感を覚える」としていきなり選考委員を辞任。ほんとうは静かに辞めたかったのに、これを嗅ぎつけた記者たちがオオゴトに仕立て上げ、直木賞では珍しく「選考委員辞任ニュース」がどどーんと大きく新聞に載ったのです。

城山さんいわく、胡桃沢さんへの授賞に反対して辞めるわけではない。ということなんですが、でも明らかに胡桃沢さんをとりまいてきた直木賞選考の環境に、愛想をつかしたとは言えるでしょう。

以下、城山さんのコメントの一部です。

今回、胡桃沢さんが候補に入って目を輝かせていた、といったことを選考委員会の席上で話す委員もいた。作家の個人的な事情がわからないと選考に当たれないような空気があって、私には資格がないと思えた。個人的事情は関係ないといってきたが無視され、もう耐えられないという気持ちだ。賞を今回あげなければ最後になる、といった無言の圧力を加えられ、私がおかしいと主張したことで選考委員会が長引いた、と非難もされた。（引用者中略）

胡桃沢さんには個人的に何のわだかまりもないが、冒険・痛快小説でやってきた人が、今回だけだれかにアドバイスされて自伝的なものを書き、それで賞をとられても不幸ではないか。『黒パン俘虜記』は粗雑で感動もない（『毎日新聞』一九八三年八月七日社会面「「直木賞」に波紋　城山さん、選考委員を辞任　「作品か人物か」〝経歴優先〟にイヤ気」より）

作品評価をわきに置いて、作家を見て賞を決めるなんてやってられるかよ。と、こんな理由で選考委員が辞めちゃうところが、「実績重視」なんちゅう馴れ合い社会の象徴のようなものを、賞の特徴にかかげてやってきた直木賞らしい一幕でした。

しかし、この辞任も胡桃沢さんにとっては、まるで意に介した様子はありません。文壇の一員として認められるという宿願を果たして気力ますます充実。小説を量産できることは、すでに清水正二郎時代に実証済みでもあり、一九九四年に亡くなるまで、文学とは遠く離れた大衆向け小説を書きに書きまくります。

没後は、新しく文庫化される作品も徐々に減り、二十一世紀に入ってからはパッタリとやんで、胡桃沢耕史の名は急速に書店の店頭から消えていっています。「そんな作家、今じゃ誰も読んでないよ」とそこかしこで言われるようになった直木三十五の運命、そのままです。ええ、それこそが直木賞。直木賞ファンとしては大変悲しいですが、とくに問題はありません。

どうしてそんなに直木賞が欲しいのか

理屈じゃないんだ、執念なんだ

――車谷長吉について

生ける文学賞、歩く文学賞、ズボンのチャックを閉めない文学賞（……意味不明）、ともかく文学賞の世界にさまざまな逸話を残し、周囲をワクワクさせ、多くの人に文学賞の楽しさを知らしめて、車谷長吉さんは二〇一五年にこの世を去りました。

とくに、ごぞんじ『赤目四十八瀧心中未遂』（一九九八年一月・文藝春秋刊）のまわりには、文学賞の魅力（？）が満載です。この面白さを演出してくれた車谷さんに感謝しないわけにはいきません。

車谷さんは、一九九三年三月、芸術選奨文部大臣新人賞を受け、四十七歳ではじめて文学賞を受賞しましたが、じっさいはもっと前から、根っからの文学賞世界の住人だったみたいです。小説を書き始めたピッチピチの青年時代にはすでに、文学賞のなかでも真っ先に直木賞と芥川賞に取り憑かれてしまう、っていうくらいに純粋で、王道な人でした。

昭和三十六年春、私は県立姫路西高等学校の入学試験を受けて失敗し、土地では程度が一番低いと言われていた市立飾磨高等学校に強制的に回された。（引用者中略）この時、私は私の人生で何か根本的に大事なものを喪失した。私は十五歳だった。（引用者中略）
私は学校（引用者注：慶應義塾大学）を出て三年目、二十五歳の時から小説原稿を書きはじめた。その時、心に私かに思うたのは、もし将来芥川賞か直木賞を受賞することが出来れば、あるいは私のこの喪失感も少しは医されるのではないか、ということだった。元より、そういうことは口に出して他人に言うことはなかったが、併し原稿を書きはじめた動機の一つに、そういう俗悪な動機があったのも確実である。（二〇〇二年四月・朝日新聞社刊　車谷長吉著『銭金について』所収「私の喪失感」より　―初出『文藝春秋』一九九九年十月号）

基本、文学を志す人は芥川賞を夢みるもの。なんていう前提が通用するのは、どうやら戦前までで、戦後は少し様子が変わります。同人誌に参加するなどして、本気で文学修業に打ち込む人たちが、さかんに「芥川賞か直木賞」と、二つの賞を並列で語りはじめるのです。

もちろん「文学」といえばまず芥川賞なのは変わりません。しかし自尊心を満足させてくれる程度においては、直木賞も芥川賞と同じようなもの。どちらでも、とれればいい。そんな観念が、おそらく昭和二十年、三十年代から徐々に根づいていったようです。少なくとも文学亡者たちのあいだでは。

たぶん車谷さんもそんなおひとりだったに違いない、と右の引用文などはハッキリと示してくれています。

「芥川賞は純文学を、直木賞は大衆文学を対象にしている」……とかいう、文藝春秋の言い張る区分けばかり盲信していると、けっきょく実態を見誤るよなあ。とワタクシは深く心を入れ替え、これからは清らかに生きていこうと決心しました。というのはもちろんウソです。

すみません、ほんとうの話だけしますと、第一一九回（一九九八年・上半期）の両賞をめぐっては、実態なんてどうでもいいと達観した人たちが、何を代表しているわけでもない二つの賞の結果だけを取り上げて、「純文学と大衆文学の垣根がどうしたこうした」と、唐突に意見を述べ出しました。これはほんとうにあったことです。

芥川賞は純文学の新人の登竜門。直木賞は大衆文学の中堅作家に贈られる。従来の感覚なら、車谷が芥川賞、花村（引用者注：花村萬月）が直木賞の対象となって当然といった感じだ。エンターテインメント作家からは、以前から純文学との境界はないといった意見が出ている。今回を本格的なボーダレス時代の到来ととって、分野はわけずに芥川賞は短編、直木賞は長編にという意見も出ている。（『月刊百科』一九九八年九月号「今月の百科データ　本当にボーダレス時代か」より　署名：由里幸子）

分野でわけたくないなら、新しい賞をつくりゃいいだけのことでしょ。なのにブーブー文句を垂れながら、けっきょく二つの賞が併存するかたちは許容できるらしいんですね。ワタクシもかなりの直木賞中毒なので、人様のことは言えませんが、「直木賞・芥川賞」の区分けに脳髄から汚染されてしまった人の、典型的な症例だと思います。こういう病人たちとは違います。長年のあいだで、当の車谷さんはどうなのか。というと、こういう病人たちとは違います。長年のあいだ文学に親しみ、そのうえで、どっちの賞でも同じ、っていう考えが、からだの奥底まで沁みついていました。

午後四時に文藝春秋へ行く。途中四ツ谷の土手を歩いていたら、高い松の木があって、それを見上げていたら、長い間の芥川賞・直木賞のトラウマ（心の傷）から解放され、何でも許せるような、広々とした気持になる。（前掲『銭金について』所収「直木賞受賞修羅日乗」七月十七日の項より　―初出『文藝春秋』一九九八年十月号）

どうですか。「長い間の芥川賞・直木賞のトラウマ」と言っています。一九九八年ごろまで車谷さんの周辺に、直木賞なんかが出現したことは、めったになかったはずです。それでも彼の心に負担をしいていたのは「芥川賞」ではない、「芥川賞・直木賞」だと言うのですよ。

たぶん車谷さんの場合、心、からだ、思考、いずれにおいても、直木賞と芥川賞は、さほど分化していなかったのではないか。とても考えないと、どうもすんなり受け取れません。

そして、そういう方だからこそ、次のような文章が書けると思うのです。

この頃は純文学（厭な言葉！）も大衆文学もその境界が曖昧になったが、私が若い頃は芥川賞は純文学、直木賞は大衆文学と決まっていた。当然、私は芥川賞を目指していたが、私が「赤目四十八瀧心中未遂」で直木賞をもらった頃から、その界がぼやけてしまった。この二つの賞を出している文藝春秋の人の話では、以前は、芥川賞は四百字詰め原稿用紙で二百五十枚以内の純文学、直木賞はそれ以上に長い大衆小説ということになっていたのだが、私の「赤目」は内容は芥川賞向きであるが、原稿用紙が四百五十枚余あるので、直木賞になったという説明だった。（引用者中略）作品の内容から判断すれば本来は芥川賞であるが、原稿枚数が長いので、芥川賞から直木賞に回された例として、過去に井伏鱒二「ジョン萬次郎漂流記」、梅崎春生「ボロ家の春秋」がある。（二〇〇九年三月・新書館刊　車谷長吉著『阿呆者』所収「芥川賞と直木賞」より　―初出『en-TAXI』二〇〇八年二月号）

ですよ。直木賞と芥川賞の区分けに熱心な人なら、こんな間違いは絶対に書きません。直木賞の対象が二百五十枚を超える長篇の大衆小説だった、なんて事実はないです。『ジョン萬次郎漂流記』は単行本ですけど、文章量は少なく、だいたい原稿用紙で百五十枚ぐらい、「ボロ家の春秋」にいたっては純文芸誌『新潮』に載った百枚程度の短篇で、長さの関係で直木賞にまわったわけがありません。文春の編集者が説明したと言いますが、おそらく車谷さんの発する圧迫感に負けて、その場を取り繕うためにテキトーに答えたんでしょう。

まあ、いいのです。事実と違っていたって。車谷さんですから。全身文学賞作家、車谷さんの意識が、神経が、血流が、直木賞と芥川賞をそうとらえているのですから、それでいいのです。

・・・

じっさいワタクシなどの凡人には、車谷さんの文学賞観はついていけないところがあります。『赤目四十八瀧心中未遂』は一九九八年七月に直木賞を受賞する前、伊藤整文学賞小説部門での受賞が決まったのに、車谷さんがこれを辞退した、っていう有名な事件がありました。これなども、ついていけない話のひとつです。

第九回伊藤整文学賞の選考会が開かれたのは、九八年五月十二日夜のこと。選考委員は川村二郎、菅野昭正、黒井千次、高橋英夫、津島佑子、安岡章太郎の六名で、『赤目――』は高い評価を受けて満場一致で決まったといいます。

決定後、電話がかかってきて、その場で受賞を固辞した。……っていうんですが、車谷さんと直接お話しした北海道新聞の新田博さんは、辞退理由をこう解説しました。

伊藤整と私（車谷さん）では文学的に異質な感じがある。その作家の名を冠した賞をもらうと、これから自分の経歴にそのことが記される。それは私には耐えられない。（『北海道新聞』夕刊　一九九八年五月十九日「伊藤整文学賞の選考を振り返って」より　署名：文化部長　新田博）

しかし、ほんとにそんな理由で受賞チャンスを蹴るものかね？　と疑念をもつ文学賞亡者が湧いて出てくるのは、自然なことで、さっそく仁科薫さんがツッコんでいます。

理由は伊藤整の文学観と自分のそれとの違い、といったところのようですが、あまりよくわかりません。（引用者中略）車谷サンには何かふくむところがあるのでしょうか？　ブンダンの大家である選考委員代表の安岡章太郎をコケにしてみせる、くらいの腹ならば先ゆき期待できる毒虫に成長できるでしょう。（『新潮45』一九九八年七月号　仁科薫「奇々怪々、夏の文壇ミステリー」より）

文学観の違い、と言われても、あまりに難しすぎて、ワタクシみたいな単なる文学賞好きの手にゃ負えません。むしろ、のちになって車谷さんの口から語られた辞退理由のほうが、すっきりと胸に落ちます。

「深い考えはない」。一種のひらめきにも似た行動だった、というんですよね。

ぼくはとっさの判断で「伊藤整、大嫌いだから御辞退いたします」と言ったの。それはべつに深い考えもないんだけれども、「買った！」の反対で「いらん！」ということですよね。あとでよく考えてみたら、とにかく伊藤整が嫌いだからということしかない。やっぱりそれは勝負なんですよね、一瞬の。（『文學界』一九九八年九月号　新直木賞作家特別対談　車谷長吉、白洲正子「人の悲しみと言葉の命」より）

論理的な理由などなく、それまで蓄積された心理心情で、パッと断ったのだと言います。もはや常人には計り知れない文学賞観、というしかありません。

論理をはるかに超えたこの感性は、もちろん伊藤整のことに限った話じゃなく、直木賞の逸話にもつながってきます。

夕、嫁はんとの会話。「俺は実際、数奇な運命を辿って来たよ。」「これからは何事も起こらないといいわね。」「それじゃあ、面白くないじゃないか。」「あら、そんなこと言って。それじゃあ自分で数奇な運命をまねき寄せてるんじゃありませんか。」「俺は勝負師だ。」「そう。そうじゃなかったら、伊藤整文学賞を断わったりしないわね。」「当り前だ。俺は一か八かの勝負に出たんだ。」「断わって、よかったわね。」「それは結果論だよ。」（『直木賞受賞修羅日乗』七月二十三日の項より）

「一か八かの勝負」。って、いや、どうして伊藤整賞を辞退したことが、直木賞を受賞したときの文脈に出てくるのか、よくわからないんですが、たぶんここが車谷さん独特の感覚です。この世には験（げん）かつぎってものがあります。たいてい、本人にとってのみ意味のあるもので、他人にとっては理解の範疇を超えた行為なわけですが、車谷さんはまた、験かつぎの鬼みたいな人だったらしいんですね。

奥さんの高橋順子さんは、こう回想していました。

直木賞候補に決まってから、選考会までに、じつはひと月あまりの時間がある。長吉の験かつぎはふだんにも増して細密になった。私は日々、何事もありませんように、となにものかに祈った。お皿を割りませんように、スリッパが破れませんように、下駄の鼻緒が切れませんように、猫の糞を踏んづけませんように、水道管が壊れませんように、灰皿に使っている缶ビールの空き缶がなにかの拍子に倒れませんように、長吉が嫌っている私の友人の誰かれから電話がありませんように、といった具合に、はらはらし通した。（一九九八年十二月・新潮社刊 高橋順子著『博奕好き』所収「長吉の験かつぎ――直木賞受賞まで」より）

もしも先に伊藤整文学賞――自分の嫌いな伊藤整の名のついた賞など受けてしまっていたら、直木賞受賞に対する効果が薄れる、と車谷さんの、験かつぎアンテナがびんびんに反応した……のかもしれません。うかがい知れません。

少なくとも、深い考えのうえでの「勝負」だったとは、はたからは見えません。ええ。そりゃ、文学賞に関することで、車谷さんに深い考えなど必要なわけがありません。なにしろ、全身文学賞だった人ですから。

直木賞騒ぎなんて馬鹿バカしい

その騒ぎを体験した受賞者は語る

――山田詠美について

よく耳にする直木賞・芥川賞の感想を、ひとつご紹介します。

「最近の直木賞・芥川賞は若い女の子ばかりにとらせて、単なる話題作りのイベントに堕した」……推測ですが、こう語ってしまう人の八〇％は、第一三〇回芥川賞（二〇〇三年・下半期）のことを強烈に記憶しているのだろうと思います。「直木賞って、若い女の子はほとんど取ってませんよ」と諭してあげるのが効果的です。

ただ、一九％の人は、それでは治癒しません。一九八〇年代、林真理子さんや山田詠美さんが受賞した頃の、特異な直木賞の現象を、本気で「最近」と感じている方だからです。「三十年以上も前のことを、〝最近〟で片づけるのは感心しませんね、ご老体」と、根気づよく、時の流れというものを説明してみてあげてください。

残り一％の人は……。

「直木賞・芥川賞をバサッと斬れるオレ、カッチョいい！」みたいな価値観に捕われて悦に入っているのかもしれません。相手にしないほうが賢明です。

しかし、ああ。文学賞を馬鹿にする風潮はやむ気配がありませんよ、ご同輩。悲しいですね。そんな悲しむワタクシたちに、勇気と希望を与えてくれる人がいます。「世間の空気」ってやつに敢然と立ち向かう女。山田詠美さんです。

選考委員って決して楽な仕事じゃない。最近ようやく選考の醍醐味というかおもしろさもわかってきたけれど、時間もかかるし、割に合わない仕事だと思うことも多いです。読むのは本当に真剣だし、フェアであることを自分に課せられますしね。コネとか画策とか何もなくて、いいものだけをちゃんと選びたくてやってますから。だから、選考委員なんて偉そうだとか、文学賞選考について文句を言う人たちに対して頭にくる。（二〇〇七年七月・文藝春秋刊

河野多恵子・山田詠美著『文学問答』所収「文壇とは何か？」より　―初出『文學界』二〇〇二年十一月号）

山田さんは、文学賞にまつわる海千山千の経験をいっぱい積んできました。うれしいこともイヤなことも、いろいろあったでしょう。その人が、いま文学賞の側に立ち、文学賞をネタにした妄想だらけの遊び方にビシッと喝を入れてくれるという。しかも一、二度、さらりと触れておしまいではありません。ひんぱんに文学賞の大切さを語ってくれています。まったく稀有な存在です。

たとえば、景山民夫さんが直木賞をとったときのことを思い返しながら、山田さんはこう書

きました。

私は確か、お祝いの言葉の代わりにこんなことを言った筈だ。

「私たちが直木賞作家だなんて笑っちゃうと思わない？」

今でも笑っちゃう。ただし、直木賞そのものを、ではない。賞をいただくのは楽しくて素敵なことだと思う。笑ってしまうのは、これを権威と思うある種の人々が大勢存在するということだ。誉めたたえるにしても、揶揄するにしても、だ。権威が小説を書くのに役立ったことはない。私は、直木賞受賞者に、もし特権があるとすれば、そのことを知ることが出来る、それに尽きると思う（もちろん、本が売れる、とか、仕事が選べる、とか物理的に便利なことは、いくつかあるが）。それなのに、それに気付かない奴らが、どれ程いることか。（一九九九年八月・新潮社刊　山田詠美著『エイミー・ショウズ』所収「Did You See That Moon?　景山民夫『普通の生活』」より　―初出『普通の生活』一九九四年六月・朝日文芸文庫）

書かれたのは二十年ぐらい前ですけど、山田さんの指摘は、たぶんいまでも有効です。文学賞と聞けば、すぐ「権威」なんちゅう、文学賞のほんの一部分しか形成していない性質を連想し、そこだけにとらわれてものを言う人は、少なくなるどころか、必ずいます。いつの時代にあっても、けっきょく同じような「権威観」からの言及が繰り返され、ときに騒ぎになったりもする、この圧倒的な面白さ！

文学賞のなかでも、とくに直木賞と芥川賞は、マスコミが取り上げるおかげで、騒ぎも大きく（大げさで）、面白さは群を抜きます。山田さんの受賞したときは、これはもう、直木賞史上でも上位に入るほどの騒がしさでした。

山田さんはデビュー以来、しばらくのあいだ芥川賞の候補になりましたが、そのあとで、絶対に芥川賞が候補などに選ばない『月刊カドカワ』掲載の諸篇をまとめた『ソウル・ミュージック・ラバーズ・オンリー』（一九八七年五月・角川書店刊）を刊行。すると、これにうかうかと直木賞が手を出し、文芸記者以外のマスコミ陣までもが、いっせいに直木賞のほうに目を向けるという、驚異の状況を引き起こします。

『朝日新聞』編集委員の黛哲郎さんは、山田さんの直木賞会見の様子を、「テレビの芸能番組の方がふさわしい扱い」と形容、高らかにアジってみせました。

文学賞がマスコミの脚光を浴びるようになって久しい。とりわけ芥川賞・直木賞はテレビの芸能番組の方がふさわしい扱いで、今回直木賞を受賞した山田詠美さんなどは、タレントなみの騒がれ方。受賞決定の記者会見の席では「これが文学賞だろうか！」といぶかる文芸記者もいた。

いまやそういう時代なのだ、ともいえようが、それで済ましていられるか。（『朝日新聞』一九八七年八月十六日「わたしの言い分　文学賞の変質と今の文学　安岡章太郎さん」より　―聞き手：黛哲郎編集委員）

はい。もちろん、済ましていられます。自分の生活に何の関係もない直木賞のために、いちいち踊ったりしませんでした。当たり前です。みんな、いい大人です。

だけど、文学賞になにがしかの幻想を抱いていたり、直木賞や芥川賞のことを、日本文学の行く末を支配するほどの審判機構だと見なしていたり、誰かに会えばかならず文学賞についての会話がはずむようなマイナーなコミュニティに属していたりすると、口に泡ためて「済ましていられるか」と吠えだす、のかもしれません。たぶん。

で、そういう幻想が強まっていきますと、山田さんの直木賞受賞を紹介するに当たって、こういう文章を書いちゃうようになります。

直木賞という由緒ある文学賞が山田詠美のような大胆な小説家に授与されたことに対して、もちろん少なからぬ反対者が出てきたのも事実である。例えば、芥川賞受賞者の安岡章太郎は、これを文学界の堕落と商業化と非難した。（二〇〇七年三月・鼎書房刊　原善編『現代女性作家読本⑨　山田詠美』所収　楊偉「山田詠美の文学世界」より）

え。ほんとに？

安岡さんがどんな非難をしたかは知らないですけど（ちなみに黛さんが敢行した『朝日新聞』インタビューでは安岡さんはそんな非難はしていません）、山田さんが大胆な作家だからとか、由緒ある直木賞だからといって、授賞に反対した人なんていたんですか。当時の新聞紙や週刊誌を見るかぎり、単に、みんな面白がっているように見えますけど。

いや失礼。「面白がっている」は適切ではなかったですね、言い換えます。「山田詠美という特異なキャラクターを介して、直木賞をもてあそんでいる」人たちが、たくさんいたとしか見えません。

・・・

もてあそんだ人といって、その代表格は『噂の真相』でしょう。山田さん本人から「ばーか、本当に死んだ方がいーよ。」（「「平凡パンチ」に殴り込むの記」より）と宣告されているように、こちらがヒくぐらいの妄想力すさまじい記事を載せました。

ヒくような箇所は、みなさん適宜ご自分で原文に当たっていただくとしまして、ここで引用するのは比較的刺激の少ない（？）部分、はじめ山田さんの候補作は不利だったのに、じつは受賞にはウラがあったんだぜ、っていうストーリーです。

文春の別組織である日本文学振興会のノミネートに彼女の作品は入っておらず、審査員の五木寛之が異例の「選考委員特別推薦」を行使することで候補作になっている。その経緯だけをとってみても、今回の受賞がいかに〝逆転劇〟であったかが読み取れるというものだ。もっとも、全く逆の見方がないわけではない。ある大手紙文芸記者はこう推察する。

「今、店頭に並んでいる『オール讀物』（9月号）には、中間小説誌に初登場とのフレコミで、山田詠美の小説が掲載されている。（引用者中略）あらかじめ芥川賞のノミネートからはずされていたことを考えても、文春と五木さんが組んで仕掛けた出来レース臭い。（引用者中略）自社でノミネートしなかったのは、露骨な売らんかな主義と批判されるのを恐れたためで、派手な仕掛けが好きな五木さんを使って個人推薦という形にすればどこからも文句はいかないですから」（『噂の真相』一九八七年九月号　中村正平「〝実力〟でスキャンダルを封印する直木賞・山田詠美の〝女帝志向〟」より）

文句いってるじゃん。っててまあ、五木さんの個人推薦だったとかどうだとか、そんなチッポケな文壇事情を気にする人など、どこにいるんだ？　と目をこらしても見つからないほどに、大半のマスコミは、山田さんの受賞にもろ手を挙げて盛り上がりました。

とくに選考会の直前、山田さんの同棲相手が逮捕された、っていうニュースは、ゴシップなストーリーを書いてお金をいただき家族を養っている週刊誌ライターの創作意欲をかき立てたようです。『週刊ポスト』などは、このネタを何とかして直木賞の話題につなげようと右往左往、毎度おなじみ匿名文芸記者のコメントなどをまじえて、たのしい記事を仕立てます。

受賞理由は、全て作品への評価という事だが、文芸記者の一人はこう分析してみせる。

「ここ最近、直木賞や芥川賞の価値が低下しているんですね。新進の作家の中には、あんなものいらんと公言している者もいるし、読者も、直木賞作家の作品だからとありがたがって読む人も少なくなっているんです。

今回の山田詠美の受賞はそんな状況を打開するために一発逆転を狙ったもんでしょう。」

（『週刊ポスト』一九八七年七月三十一日号「山田詠美さん直木賞受賞に奏効あり「醜聞の力」」より）


これを「分析」と呼んだら、分析の業界団体からクレームが来るんじゃないか、と心配してしまいます。だけど、匿名記者に悪気はないと思うので、許してあげてください。直木賞や芥川賞の様子をみて「もはや価値はない」と感想を述べるのは、言うだけ言って責任とる必要もなく、だれがいつどこで語っても人畜無害。別に山田さんのときに発明されたわけでもない、昔から言い継がれてきた、時候のあいさつみたいなものです。さああなたも、さっそく明日から真似してみよう！って、もうやっていたら、すみません。

・・・

今後も人類は、文学賞を馬鹿にするのをやめないでしょう。とくに、もはや価値はない、単なるショーだ、などと言われ続けて、それでも変わらず存在しつづけてしまう直木賞。面白すぎます。

しかしもちろん、この図式は、候補になってくれる作家がいないと成り立ちません。彼ら彼女らが小説以外のことで野次馬の攻撃を受けてくれる、そんな犠牲があればこそです。

「お気楽作家」を自称する、ヒンシュクを買って何ぼの作家、山田詠美さんもまた、おそらく直木賞騒動では相当な犠牲を払ってくれました。

一年半程前、私が直木賞の候補にあがったのと時を同じくして、一緒に暮していた恋人が逮捕された。これが、他に知れると新聞沙汰になるのは解り切っていたので、私と親しい編集者は、口をつぐんでいた。その頃の私は毎日がしめ切りという書かなきゃならない原稿を山程抱えていて、これ以上精神的プレッシャーをかけると、何も書けなくなるという状態だったのだ。（一九九一年四月・集英社刊　山田詠美著『メイク・ミー・シック』「感情の表面張力」より）

しかしこのとき山田さんは、気が滅入らないようにと重い腰を上げてパーティーに出席したんだそうです。そこではじめて会ったピーコさんに「元気出すのよ」と声をかけられ、

その後、私は、化粧室に飛び込んで、少し泣いた。それまで、絶対に泣くものかと思って来たのに、何故か、私はトイレットなんかの横で泣いてしまったのだ。（同）

と、これもそれも、直木賞（をもてあそぶワタクシのような能天気な野次馬たち）のせいです。

しかしですよ。嬉しいことに、山田さんはこんなイヤーな経験をしてもなお、文学賞の意義を唱え、文学賞のなかにいる自分を楽しんでいる様子なんです。

今まで私はそういうの（引用者注：文学賞）を権威と思う人たちとさんざん闘ってきて、小説とはまったく関係のない私生活のことまでいろいろ書かれて実際の生活に不便が起こるようなこともあって、ストーカーじゃないけど脅迫状みたいなのを送ってこられるようなことだってやられてきたから。（引用者中略）そういう人たちに対してどうやったらこういうのを止めてもらえるんだろうって考えていたら直木賞をとったらすぐ止んだのね。そういうわかりやすい人たちに対して私なんかが（引用者注：芥川賞の）選考委員になるっていうのはちょっと気持ちいいじゃん、っていうことは思ったんです。（『文藝』二〇〇五年秋号［八月］「山田詠美　連続インタヴューキーワードは愛!!」より　―聞き手：豊崎由美）

「文学賞＝権威に対してなら、何を言ってもいいと、うっぷん晴らしをする人たち」がいて、それに対抗しての「気持ちいいじゃん」返し。何とも爽快な立ち合いです。きっと両者の感性がまじわることはないでしょう。ないんでしょうが、直木賞というより「世間でエラいとされているもの」を叩くことで快感を味わいたい人たちに対して、はっきり闘う姿勢を見せる人がいる。ときにバトルが起き、文学賞のまた新たな面があらわれる。山田さんの受賞当時、いろんな人がこの楽しさに酔いしれたのも、わかる気がします。

賞をとらなきゃ作家じゃない

何か、そういうことになっているらしいです

——なかにし礼について

文学賞嫌いの人がどう罵(ののし)ってても、ワタクシなどがどう語っても、直木賞をとりたいと憧れる人はたくさんいます。たしかに直木賞は、「世間に広く知られている」というのが最大の特徴です。その特徴からもたらされる恩恵に、魅力を感じる人がいても不思議じゃありません。

超有名作詞家だったなかにし礼さんも、小説家に転向して直木賞をとったあと、少年時代からずーっと直木賞に憧れていた、と回想したひとりでした（ほんとは芥川賞のほうじゃなかったのか？　と疑わしい面は、当然ありますけど）。

かつて「銀巴里」仲間の戸川昌子さんが、いきなり江戸川乱歩賞をとってしまったときには大ショックを受け、いっときは放送作家・青島幸男さんの〈押しかけ弟子〉も経験。やがて作詞家として売れっ子になっても、おれは小説が書きたい、おれは小説が書きたいんだ、とさんざん言い触らし、渡辺淳一さんをはじめ、交遊のあった小説家は数知れず。そんななかでついに、やっぱりおれは作家になるぞと決断します。

そのきっかけは、一九八九年に昭和が終わったことだった。というのは有名な逸話らしいで

す。当然なかにしさんは名の知られた人で、交友も広く、どこでどのように小説を発表するか、選択肢はいろいろあったと思います。ここで進んだ道が、文藝春秋『オール讀物』への小説執筆だったんですが、チャンスだからと安易に妥協せず、いろいろと悩み、書き直したりして、かなりの時間をかけたといいます。

平成になった瞬間、「オール読物」の編集者を紹介されて、書く書くって言いながら、書くまでに5年かかった。書いてはクシャクシャ、ポイッ。こんなことばっかりやってました。

（『週刊アサヒ芸能』二〇〇〇年三月三十日号「対談　天才テリー伊藤「毒入り注意！」」より）

ようやく書き上げたのが短篇「遺言歌」。『オール讀物』一九九三年五月号に掲載されました。なんといっても有名（すぎるほどの）作詞家、テレビ番組にもニコニコとマイルドな物腰で出ていたアノ人が、自伝的な要素をふんだんに盛り込んで、男女の関係やら性描写をおしげもなく書き込んだという、のぞき見趣味をぞんぶんに満喫させてくれる小説を発表しちゃったぞオイ。ってことでさっそく取り上げたのが、『オール讀物』のお身内、『週刊文春』でした。

それにしても気になるのは（引用者注：「遺言歌」のなかに登場する）真帆子なる〝愛人〟。実在の女性なのか、はたしてモデルは誰なのか。率直な疑問をぶつけてみた。

「登場人物について、読者の方があれこれ想像するのは当然でしょう。しかし、そうした批評を敢えて受け、行くところまで行きたいというのが僕の本音です」（なかにし氏）（『週刊文春』一九九三年四月二十九日号「作詞家・なかにし礼の自伝的小説『遺言歌』に描かれた大胆な性描写」より）

まあ芸能関係者の自伝小説なんだからゴシップネタは欠かせませんよね、といった感じの、よくある扱いではあったんですが、見せドコロは、記事の最後にやってきます。ほんの一作、短い小説を発表したばかりの書き手に対し、『週刊文春』のライターから唐突に、謎の（いや、お決まりの）エールが送られたのです。

「これからは筆を執る人生に賭けてみたい。その意味では、これまでの半生に対する遺言がこの作品でもあるんです」

直木賞も夢ではない。（同）

いや、どう見たってこの段階では、全然、夢のお話だったと思います。なにしろ、なかにしさんったら、溜め込んできた豊潤な教養をもとに、エッセイの類はどんどん書くんですが、小説は発表しないままで、時間が過ぎていっちゃうのです。

小説を書きたい、多くの人の目に触れるかたちで出したい、と思う人はたくさんいるはずです。しかし、その意欲を持続させるのがいちばんの壁だ、とはよく言われるところで、なかにしさんも、二作目が続きませんでした。

この間、どうも居心地が悪かった、といいます。

小説を書くぞとハラを決めて、文芸雑誌に初めて載ったのが平成五年。でも、なんか居心地が悪いのね、作詞家で売れた名前で書いてるのが。だから直木賞でなくていい、何かの賞にひっかかって、「あいつ、もの書きになったんだってさ」と言われて書きたいな、という思いはあった。（『週刊朝日』二〇〇〇年三月十日号「マリコのここまで聞いていいのかな」より）

ここで、存在感だけはやけにデカい直木賞が、いよいよ効果を発揮するときがきた、というわけですね。なかにしさんのやる気をふるい立たせるために、直木賞の存在は、大きな原動力となりました。

「遺言歌」から四年、十四歳上の実兄が死に、おのれを封じ込めていた最大の鎖がなくなって、いよいよ再始動。見切り発車で「兄弟」を書き始めることになり、やはり発表誌は『オール讀物』、一九九七年六月号から短期集中連載が始まります。

しかし始めてはみたものの、先は見えません。なにしろ、肉親や関係者たちがまだ生きている（おのれの見栄や外聞も気になる）なかで、自分の経験をモチーフにどこまで筆を伸ばすことができるか。というチキンレースみたいな「私小説」の領域に、二作目にして果敢にチャレンジすることになります。四年前の記事で、「行くところまで行きたいというのが僕の本音」と言っていた発言が、ここで思い出されるところですね。作家宣言をしてから約十年。さあいったいどこまで書けるのか。

苦しみながら連載を完結させたなかにしさんの思いが、「兄弟」には全篇みなぎっています。はっきり言って、芸能界の著名人が、自分の半生をネタにして書いた小説など、ちまたにはあふれていますが（というのは言いすぎかもしれませんけど）、直木賞の世界では決して本流じゃありません。だけど、この渾身ぶりを間近で見ていたからには、文藝春秋だって、何らかのかたちで応えないわけにいかないじゃないですか！……という理由だったのかどうなのか、ともかくついになかにしさん、『兄弟』で、ほんとうに直木賞の候補作家になってしまいます。

のちに書かれる『長崎ぶらぶら節』より、『兄弟』のほうが断然面白いんですよ、これが。有名人のプライバシーを覗くとか、そういうゲスな興味がなくたって。で、これを候補にもしない吉川新人賞や山周賞あたりの、「だってあのひと、文春お抱えでしょ？」みたいな姿勢は笑止千万で論外ですけど、直木賞も直木賞で、これを落選させてしまうのです。デカい顔はできません。

・・・

『兄弟』は、題材が題材でしたから、『週刊文春』がこそっと取り上げて終わり、なんてこともなく刊行当時から話題になって、売り上げも好調に推移。ふつうの新人作家なら一作目からそこまで売れないですよ、というぐらいに売れてしまいます。

これが候補になった第一一九回直木賞では、ほかに、車谷長吉、重松清、東郷隆、梁石日、宇江佐真理、乙川優三郎と、一般的にはどうにも地味なメンツばかり（ですよね？）。華やかなのは、なかにしさんただひとりでした。

受賞が決まったあとは、例の「文学ビックバン」とかいう、「直木賞と芥川賞の結果だけ見て、何、バカなこと言ってるの？」の極致のような盛り上がりもあり、車谷さんにスポットライトが当たってしまう大変たのしい直木賞になったんですが、そりゃなかにしさんは、他の人と著名度の格がちがいます。大衆文学と純文学の垣根うんぬん、とは何の関係もなく、ただただ、落選したことが記事になりました。

作詞では輝かしい受賞歴のある、なかにしさんだが、〝詞〟抜きの〝作家〟となった以上、やはり直木賞には特別な思いがあった様子。

「（引用者中略）小説では新人ですから、新人がもらう賞が欲しいと思うのは自然な気持ちですよね。ノミネートされたことだけで十分うれしいと思う反面、そうなったからにはとりたいという気持ちもありました。残念でした」

と、肩を落とす。（引用者中略）

「賞に挑戦するという意味じゃありませんが、次も直木賞に値するような作品を書きたいし、ノミネートされるからには、ぜひ受賞したいですね」

と、意欲満々。（『週刊読売』一九九八年八月二日号「なかにし礼「直木賞」無念　新進作家「次作に期待を」」より）

落選したばかりなのに、直木賞、直木賞、の文字がおどっています。

『兄弟』は、ドラマ化の後押しもあって二十万部近くまで部数をのばしたそうです。売上効果としては、ほとんど受賞と同じくらいのラインに達しました。そのあとに刊行された『長崎ぶらぶら節』は、ぐっと抑えて初版八千部。いくら有名人が書いたとはいえ、相当に古くさいお話でもあり、初版としては妥当なんでしょう。決して「売れ筋ではない」作品だった、というわけですが、これがまた、まわりからはいかにも直木賞向きの小説ですね、などと言われて、とっちゃうんですよね、直木賞を。

いや、なかにしさんほどの実力と知名度があれば、とらなくたって、文句なしに職業作家としてやっていけたと思うんです。どうして、そんなに直木賞がほしかったのか。……受賞後、なかにしさんは語りました。これで有名になれるからとか、本が売れるからとか、そういうことじゃありません。受賞すると居心地の悪さが払拭される、人から作家として見てもらえるからだ、というわけです。


賞を取ることで、やっと作家になれたという感じですね。今までは、なんだか居心地が悪かった。（『現代』二〇〇〇年七月号　丸山あかね「「還暦の星」なかにし礼が抱き続けた執念」より）

なかにしさんの場合、小説を書くまえの業績が偉大すぎたことはたしかです。まちがいなく「作詞家」としての印象が根づいていました。でも、『兄弟』を書いたじゃないですか。あれは「有名作詞家が書いた回想記」なんてもんじゃなく、立派な小説でしょう。胸を張って作家然として何の問題もありませんよ。と思うんですけど、おそらくそんな感想は、現実に多くの人にワーキャー言われる直木賞のまえでは無力です。「賞をとらなきゃ作家になれた気がしない」というなかにしさんの抱いた実感や、その実感をはぐくんできたこの何十年間の社会風土を、覆すことはできません。

平均的で健康的な大多数の人は、ただ「直木賞ってスゴーい」とチヤホヤします。結果として、そういう状況だから直木賞はいまもつつがなく継続できている、という面は否定できません。なので、ワタクシは大多数の人たちに、いつも感謝しています。これは皮肉でもなんでもないので、誤解しないでほしいんですが、どうかこれからも、直木賞をとったというだけで作家扱いするような、健全な直木賞観を保ちつづけていってほしいと願っています。確実にそれが直木賞の面白さのひとつですから。

おまけとあとがき

本編は以上で終わりです。ここから先は蛇足になります。

蛇足なんですが、いつも直木賞のわきで、気色わるい盛り上がりをみせている目触りな賞があります。ついでなので少しだけ触れようかと思います。

実態はしょぼいがブランド力だけ無駄にでかい。「賞じゃなくてショーに堕した」などと常に文句をつけたがる観衆に囲まれている。何か知らんが威張っている。……と、直木賞のとくにイヤーな性質を凝縮したようなのが某賞で（すみません、すなおに「芥川賞」と言います）、はっきり言ってあいう狂気的な世界には、好んで近づきたくはありません。

とくに狂気だよなあ、と思うのは、芥川賞って、多くの人が「おっ」と興味をひきそうなエピソードがいくつもあるわけですが、それがいつもいつも、飽きもせずに紹介され続けているんですよ。紹介される機会があまりに多すぎて「芥川賞人気エピソードオールタイムベスト10」くらいなら、すぐつくれてしまえるんじゃないか、という勢いで、直木賞ではこうはいきません。

試しに挙げてみますと、

太宰治が、芥川賞がほしいとしつこく懇願し、川端康成や佐藤春夫から困った人扱いされた。

火野葦平の授賞式は、火野が出征中の中国で行うことになり、訪中予定のあった小林秀雄が、文藝春秋社から頼まれて授与。新聞に大きく載った。

高木卓が受賞を辞退して、菊池寛や選考委員だけでなく、まわりの人たちも、その理由をあれこれと臆測してにぎわった。

石原慎太郎「太陽の季節」が受賞し、その颯爽としたルックス、物おじしない姿勢と、映画が大当たりしたことで、芥川賞の歴史を変えた。

村上龍「限りなく透明に近いブルー」が、ドラッグ＆セックスに明け暮れる若者像を描いたと評判になっていたところに、芥川賞も受賞して、火に油が注がれた。

世界的版画家として知られる池田満寿夫が書いた「エーゲ海に捧ぐ」の受賞で、またもバカ騒ぎが起こり、こんなもんが文学かよ、などといった声が乱れ飛んだ。

二度候補になって落選した村上春樹が、その後に大ベストセラー作家となったため、芥川賞は信頼できない、などと批判したがる人の、恰好の持ちネタとなった。

花村萬月が芥川賞を受け、車谷長吉が直木賞に選ばれたことで、純文芸と大衆文芸の境界はもうなくなったか、などと（一瞬）騒がしくなった。

十九歳の綿矢りさ、二十歳の金原ひとみが受賞して、若さ・女性、といった要素だけでなく、見栄えのいい容貌だったおかげで社会の目が芥川賞に向いた。

受賞会見がインターネットで見られるようになり、西村賢太、田中慎弥が、その会見での受け答え（だけ）で注目を浴びた。

これ以外にも、「松本清張が、直木賞候補から急きょ芥川賞に回されて受賞しちゃった」とか「いつも三島由紀夫は、選考会が終わった直後に会場で選評を書いていた」とか「吉村昭は受賞したと連絡を受けて文春に駆けつけたが実は間違いだった」とか、ベスト10を狙える「よく語られる、とっておきの逸話」はまだまだあります。

そして今後はおそらく、

お笑いコンビ〈ピース〉の又吉直樹が受賞し、芸人が芥川賞をとるなんて前代未聞だということで、二百万部を超えるベストセラーになった。

が加わることになるのかもしれません。

芥川賞がほかの賞とちがっている、最大の特徴って何でしょうか。ジャーナリスティックに取り上げられるこういった事柄が、ときどき発生することです。どうしてそんなに注目されるのか、これまでいろいろな人が説明を試みてきましたが、けっきょくのところ、芥川賞自身の力というより、「偉いものであってほしい」「語るに値するものに違いない」という、多くの人の願望（または誤解）に由来しています。むしろ、それ以外に（他の文学現象とくらべて）見るべきものなどあるんでしょうか。見当たりません。「日本の文学をリードしてきた」などと大ウソつくのはそろそろやめて、身の丈どおりに謙虚に生きりゃいいのになあ。とヒトゴトながら思います。

……なあんてことを言っていると「うるせえぞ、文学もわからない単なるゴシップ好きが」などと、芥川賞を愛好する人たちから口を極めて罵（ののし）られてしまうという、ほんとにイヤな世界です。やはり近づきたくありません。まあ、勇者たちはその輪のなかに飛び込むなりして存分に楽しんでください。

それで直木賞は、そんな芥川賞と並び称されてきたはずなのに、いつもパッとしないし、文学の本流と見なされることもなく、読書家たちから尊敬もされていない。何とまあ哀れなんでしょうか。……といくらいったところで、やはり実際に、直木賞と芥川賞の両方について、候補作まで含めてのデータ的な調査をやったことがない人にはなかなか伝わらないんですけど、かたや、街の図書館に行けば全集があって、過去の受賞作も選評も、第一回から数十年分のものが一気に読めちゃう芥川賞。かたや、同じことをしようと思ったら、こつこつと一冊ずつ探しもとめたり、『オール讀物』のバックナンバーに当たったりしなきゃいけない直木賞。とりあえずその段階で、すでに両賞には大きな差があります。そこから先の調査環境については言わずもがなでしょう。これはべつに、ワタクシが直木賞偏愛者のせいだからではなく、明らかな事実です。

こんな状況のなか、『直木賞物語』を出してまだ二年しか経ってないのに、次も直木賞の本を刊行しましょうと提案してくださった編集担当の山口亜希子さんは、もはや女神というしかありません。芥川賞のオタク本ならおそらくもっと売れるでしょうに、バジリコの長廻健太郎社長には「川口さんがイヤなら、芥川賞のことは書かなくていいですよ」とも言っていただいて、申し訳なく思いながらも心から楽しんで本づくりに臨めました。まだまだ未開の地の多い直木賞の世界、これからも直木賞オタクであることを恥じず、奢らず、地道に直木賞に接していきたいと思っています。

直木賞受賞作一覧

＊単行本で受賞した作品名は『 』、その他（雑誌等に掲載されたもの）は「 」で示した
＊作品名は新字新かな使いで統一した
＊対象年は西暦下二ケタで表記
＊二十一回は二度発表されているため、そのまま記した
＊表示内容は上から、回　対象年・期　受賞者　受賞作　発表誌紙または刊行元、である

一九三五（昭和十）年～

一回▼三五年・上　川口松太郎「鶴八鶴次郎」「風流深川唄」その他　『オール讀物』三四年十月号、『オール讀物』一月号～四月号

二回▼三五年・下　鷲尾雨工『吉野朝太平記』　春秋社刊（一巻・二巻）

三回▼三六年・上　海音寺潮五郎「天正女合戦」「武道伝来記」その他　『オール讀物』四月号～七月号、『日の出』三月号

四回▼三六年・下　木々高太郎『人生の阿呆』その他　版画荘刊

五回▼三七年・上　なし

六回▼三七年・下　井伏鱒二『ジョン万次郎漂流記』その他　河出書房刊

七回▼三八年・上　橘外男「ナリン殿下への回想」　『文藝春秋』二月号

八回▼三八年・下　大池唯雄「秋田口の兄弟」「兜首」　『新青年』特別増刊　第二新版大衆小説集、『新青年』七月号

九回▼三九年・上　なし

十回▼三九年・下　なし

十一回▼四〇年・上　堤千代「小指」その他　『オール讀物』三九年十二月号
河内仙介「軍事郵便」　『大衆文藝』三月号

十二回▼四〇年・下　村上元三「上総風土記」その他　『大衆文藝』十月号

十三回▼四一年・上　木村荘十「雲南守備兵」　『新青年』四月号

十四回▼四一年・下　なし

十五回▼四二年・上　なし

十六回▼四二年・下　田岡典夫「強情いちご」その他『講談倶楽部』九月号
神崎武雄「寛容」その他『オール讀物』十一月号
十七回▼四三年・上　なし
十八回▼四三年・下　森荘已池「山畠」「蛾と笹舟」『文藝讀物』十二月号、『オール讀物』七月号
十九回▼四四年・上　岡田誠三「ニューギニア山岳戦」『新青年』三月号
二十回▼四四年・下　なし

一九四五（昭和二十）年〜

二十一回▼四五年・上　なし
二十一回▼四五年・下〜四九年・上　富田常雄「面」「刺青」その他『小説新潮』四八年五月号、『オール讀物』四七年十二月号
二十二回▼四九年・下　山田克郎「海の廃園」『文藝讀物』十二月号
二十三回▼五〇年・上　今日出海「天皇の帽子」『オール讀物』四月号
小山いと子「執行猶予」『中央公論』二月号
二十四回▼五〇年・下　檀一雄「真説石川五右衛門」「長恨歌」『新大阪』五〇年十月一日〜五一年五月三十日（連載中）、『オール讀物』十月号
二十五回▼五一年・上　源氏鶏太「英語屋さん」その他『週刊朝日』夏季増刊号
二十六回▼五一年・下　久生十蘭「鈴木主水」『オール讀物』十一月号
柴田錬三郎「イエスの裔」『三田文學』十二月号
二十七回▼五二年・上　藤原審爾「罪な女」その他『オール讀物』五月号
二十八回▼五二年・下　立野信之「叛乱」『小説公園』一月号〜十二月号
二十九回▼五三年・上　なし
三十回▼五三年・下　なし
三十一回▼五四年・上　有馬頼義『終身未決囚』作品社刊
三十二回▼五四年・下　梅崎春生「ボロ家の春秋」『新潮』八月号

戸川幸夫「高安犬物語」『大衆文藝』十二月号

一九五五（昭和三十）年〜

三十三回▼五五年・上　なし

三十四回▼五五年・下　新田次郎『強力伝』朋文堂〈旅窓新書〉
邱永漢「香港」『大衆文藝』八月号〜十一月号

三十五回▼五六年・上　今官一『壁の花』芸術社刊
南條範夫「燈台鬼」『オール讀物』五月号

三十六回▼五六年・下　今東光「お吟さま」『淡交』一月号〜十二月号
穂積驚「勝鳥」『大衆文藝』九月号〜十二月号

三十七回▼五七年・上　江崎誠致『ルソンの谷間』筑摩書房刊

三十八回▼五七年・下　なし

三十九回▼五八年・上　山崎豊子『花のれん』中央公論社刊
榛葉英治『赤い雪』和同出版社刊

四十回▼五八年・下　城山三郎「総会屋錦城」『別冊文藝春秋』六十六号
多岐川恭『落ちる』河出書房新社刊

四十一回▼五九年・上　渡辺喜恵子『馬淵川』光風社刊
平岩弓枝「鏨師」『大衆文藝』二月号

四十二回▼五九年・下　戸板康二「團十郎切腹事件」その他『宝石』十二月号
司馬遼太郎『梟の城』講談社刊

四十三回▼六〇年・上　池波正太郎「錯乱」『オール讀物』四月号

四十四回▼六〇年・下　寺内大吉「はぐれ念仏」『近代説話』五集
黒岩重吾『背徳のメス』中央公論社刊

四十五回▼六一年・上　水上勉「雁の寺」『別冊文藝春秋』七十五号

四十六回▼六一年・下　伊藤桂一「螢の河」『近代説話』八集
四十七回▼六二年・上　杉森久英『天才と狂人の間』河出書房新社刊
四十八回▼六二年・下　山口瞳「江分利満氏の優雅な生活」『婦人画報』六一年十月号〜六二年八月号
杉本苑子『孤愁の岸』講談社刊
四十九回▼六三年・上　佐藤得二『女のいくさ』二見書房刊
五十回▼六三年・下　安藤鶴夫『巷談本牧亭』桃源社刊
和田芳恵『塵の中』光風社刊
五十一回▼六四年・上　なし
五十二回▼六四年・下　永井路子『炎環』光風社刊
安西篤子「張少子の話」『新誌』四号

一九六五（昭和四十）年〜

五十三回▼六五年・上　藤井重夫「虹」『作家』四月号
五十四回▼六五年・下　新橋遊吉「八百長」『讃岐文学』十三号
千葉治平「虜愁記」『秋田文学』二十三号〜二十七号
五十五回▼六六年・上　立原正秋「白い罌粟」『別冊文藝春秋』九十四号
五十六回▼六六年・下　五木寛之「蒼ざめた馬を見よ」『別冊文藝春秋』九十八号
五十七回▼六七年・上　生島治郎『追いつめる』光文社〈カッパノベルス〉
五十八回▼六七年・下　野坂昭如「アメリカひじき」「火垂るの墓」『別冊文藝春秋』一〇一号、『オール讀物』十月号
三好徹「聖少女」『別冊文藝春秋』一〇一号
五十九回▼六八年・上　なし
六十回▼六八年・下　陳舜臣「青玉獅子香炉」『別冊文藝春秋』一〇五号
早乙女貢『僑人の檻』講談社刊
六十一回▼六九年・上　佐藤愛子『戦いすんで日が暮れて』講談社刊

六十二回▼六九年・下　なし

六十三回▼七〇年・上　結城昌治「軍旗はためく下に」『中央公論』六九年十一月号～七〇年四月号

渡辺淳一「光と影」『別冊文藝春秋』一一一号

六十四回▼七〇年・下　豊田穣『長良川』作家社刊

六十五回▼七一年・上　なし

六十六回▼七一年・下　なし

六十七回▼七二年・上　綱淵謙錠『斬(ざん)』河出書房新社刊

井上ひさし「手鎖心中」『別冊文藝春秋』一一九号

六十八回▼七二年・下　なし

六十九回▼七三年・上　長部日出雄「津軽世去れ節」「津軽じょんから節」津軽書房刊『津軽世去れ節』より

藤沢周平「暗殺の年輪」オール讀物』三月号

七十回▼七三年・下　なし

七十一回▼七四年・上　藤本義一「鬼の詩」『別冊小説現代』陽春号

七十二回▼七四年・下　半村良「雨やどり」『オール讀物』十一月号

井出孫六『アトラス伝説』冬樹社刊

一九七五(昭和五十)年～

七十三回▼七五年・上　なし

七十四回▼七五年・下　佐木隆三『復讐するは我にあり』講談社刊(上・下)

七十五回▼七六年・上　なし

七十六回▼七六年・下　三好京三『子育てごっこ』文藝春秋刊

七十七回▼七七年・上　なし

七十八回▼七七年・下　なし

七十九回▼七八年・上　色川武大「離婚」『別冊文藝春秋』一四三号

八十回▼七八年・下　津本陽「深重の海」『VIKING』二九二号～三二八号
宮尾登美子『一絃の琴』講談社刊
八十一回▼七九年・上　田中小実昌「浪曲師朝日丸の話」「ミミのこと」泰流社刊『香具師の旅』より
有明夏夫『大浪花諸人往来』角川書店刊
八十二回▼七九年・下　なし
八十三回▼八〇年・上　向田邦子「花の名前」「かわうそ」「犬小屋」『小説新潮』四月号、五月号、六月号
阿刀田高『ナポレオン狂』講談社刊
八十四回▼八〇年・下　中村正軌『元首の謀叛』文藝春秋刊
志茂田景樹『黄色い牙』講談社刊
八十五回▼八一年・上　青島幸男『人間万事塞翁が丙午』新潮社刊
八十六回▼八一年・下　光岡明『機雷』講談社刊
つかこうへい『蒲田行進曲』角川書店刊
八十七回▼八二年・上　深田祐介『炎熱商人』文藝春秋刊
村松友視「時代屋の女房」『野性時代』六月号
八十八回▼八二年・下　なし
八十九回▼八三年・上　胡桃沢耕史『黒パン俘虜記』文藝春秋刊
九十回▼八三年・下　神吉拓郎『私生活』文藝春秋刊
高橋治「秘伝」『小説現代』十一月号
九十一回▼八四年・上　連城三紀彦『恋文』新潮社刊
難波利三『てんのじ村』実業之日本社刊
九十二回▼八四年・下　なし

一九八五（昭和六十）年～

九十三回▼八五年・上　山口洋子「演歌の虫」「老梅」文藝春秋刊『演歌の虫』より

九十四回▼八五年・下　森田誠吾『魚河岸ものがたり』新潮社刊
林真理子「最終便に間に合えば」「京都まで」文藝春秋刊『最終便に間に合えば』より
九十五回▼八六年・上　皆川博子『恋紅』新潮社刊
九十六回▼八六年・下　逢坂剛『カディスの赤い星』講談社刊
常盤新平『遠いアメリカ』講談社刊
九十七回▼八七年・上　白石一郎『海狼伝』文藝春秋刊
山田詠美『ソウル・ミュージック・ラバーズ・オンリー』角川書店刊
九十八回▼八七年・下　阿部牧郎『それぞれの終楽章』講談社刊
九十九回▼八八年・上　西木正明「凍れる瞳」「端島の女」文藝春秋刊『凍れる瞳』より
景山民夫『遠い海から来たCOO』角川書店刊
一〇〇回▼八八年・下　藤堂志津子「熟れてゆく夏」文藝春秋刊『熟れてゆく夏』より
杉本章子『東京新大橋雨中図』新人物往来社刊

一九八九（平成元）年～

一〇一回▼八九年・上　笹倉明『遠い国からの殺人者』文藝春秋刊
ねじめ正一『高円寺純情商店街』新潮社刊
一〇二回▼八九年・下　星川清司「小伝抄」『オール讀物』十月号
原寮『私が殺した少女』早川書房刊
一〇三回▼九〇年・上　泡坂妻夫『蔭桔梗』新潮社刊
一〇四回▼九〇年・下　古川薫『漂泊者のアリア』文藝春秋刊
一〇五回▼九一年・上　宮城谷昌光『夏姫春秋』海越出版社刊（上・下）
芦原すなお『青春デンデケデケデケ』河出書房新社刊
一〇六回▼九一年・下　高橋義夫「狼奉行」『オール讀物』十二月号
高橋克彦『緋い記憶』文藝春秋刊

一〇七回▼九二年・上　伊集院静『受け月』文藝春秋刊
一〇八回▼九二年・下　出久根達郎『佃島ふたり書房』講談社刊
一〇九回▼九三年・上　髙村薫『マークスの山』早川書房刊
北原亞以子『恋忘れ草』文藝春秋刊
一一〇回▼九三年・下　佐藤雅美『恵比寿屋喜兵衛手控え』講談社刊
大沢在昌『新宿鮫　無間人形』読売新聞社刊
一一一回▼九四年・上　中村彰彦『二つの山河』『別冊文藝春秋』二〇七号
海老沢泰久『帰郷』文藝春秋刊
一一二回▼九四年・下　なし
一一三回▼九五年・上　赤瀬川隼『白球残映』文藝春秋刊
一一四回▼九五年・下　小池真理子『恋』早川書房刊
藤原伊織『テロリストのパラソル』講談社刊
一一五回▼九六年・上　乃南アサ『凍える牙』新潮社刊
一一六回▼九六年・下　坂東眞砂子『山妣』新潮社刊
一一七回▼九七年・上　篠田節子『女たちのジハード』集英社刊
浅田次郎『鉄道員』集英社刊
一一八回▼九七年・下　なし

一九九八(平成十)年〜

一一九回▼九八年・上　車谷長吉『赤目四十八瀧心中未遂』文藝春秋刊
一二〇回▼九八年・下　宮部みゆき『理由』朝日新聞社刊
一二一回▼九九年・上　佐藤賢一『王妃の離婚』集英社刊
桐野夏生『柔らかな頬』講談社刊
一二二回▼九九年・下　なかにし礼『長崎ぶらぶら節』文藝春秋刊

一二三回▼〇〇年・上　船戸与一『虹の谷の五月』集英社刊
金城一紀『GO』講談社刊
一二四回▼〇〇年・下　山本文緒『プラナリア』文藝春秋刊
重松清『ビタミンF』新潮社刊
一二五回▼〇一年・上　藤田宜永『愛の領分』文藝春秋刊
一二六回▼〇一年・下　山本一力『あかね空』文藝春秋刊
唯川恵『肩ごしの恋人』マガジンハウス刊
一二七回▼〇二年・上　乙川優三郎『生きる』文藝春秋刊
一二八回▼〇二年・下　なし
一二九回▼〇三年・上　石田衣良『4TEEN フォーティーン』新潮社刊
村山由佳『星々の舟』文藝春秋刊
一三〇回▼〇三年・下　江國香織『号泣する準備はできていた』新潮社刊
京極夏彦『後巷説百物語』角川書店刊
一三一回▼〇四年・上　奥田英朗『空中ブランコ』文藝春秋刊
熊谷達也『邂逅の森』文藝春秋刊
一三二回▼〇四年・下　角田光代『対岸の彼女』文藝春秋刊
一三三回▼〇五年・上　朱川湊人『花まんま』文藝春秋刊
一三四回▼〇五年・下　東野圭吾『容疑者Xの献身』文藝春秋刊
一三五回▼〇六年・上　三浦しをん『まほろ駅前多田便利軒』文藝春秋刊
森絵都『風に舞いあがるビニールシート』文藝春秋刊
一三六回▼〇六年・下　なし
一三七回▼〇七年・上　松井今朝子『吉原手引草』幻冬舎刊
一三八回▼〇七年・下　桜庭一樹『私の男』文藝春秋刊

二〇〇八（平成二十）年〜

一三九回▼〇八年・上　井上荒野『切羽へ』新潮社刊
一四〇回▼〇八年・下　天童荒太『悼む人』文藝春秋刊
山本兼一『利休にたずねよ』ＰＨＰ研究所刊
一四一回▼〇九年・上　北村薫『鷺と雪』文藝春秋刊
一四二回▼〇九年・下　佐々木譲『廃墟に乞う』文藝春秋刊
白石一文『ほかならぬ人へ』祥伝社刊
一四三回▼一〇年・上　中島京子『小さいおうち』文藝春秋刊
一四四回▼一〇年・下　木内昇『漂砂のうたう』集英社刊
道尾秀介『月と蟹』文藝春秋刊
一四五回▼一一年・上　池井戸潤『下町ロケット』小学館刊
一四六回▼一一年・下　葉室麟『蜩ノ記』祥伝社刊
一四七回▼一二年・上　辻村深月『鍵のない夢を見る』文藝春秋刊
一四八回▼一二年・下　朝井リョウ『何者』新潮社刊
安部龍太郎『等伯』日本経済新聞出版社刊（上・下）
一四九回▼一三年・上　桜木紫乃『ホテルローヤル』集英社刊
一五〇回▼一三年・下　朝井まかて『恋歌』講談社刊
姫野カオルコ『昭和の犬』幻冬舎刊
一五一回▼一四年・上　黒川博行『破門』ＫＡＤＯＫＡＷＡ刊
一五二回▼一四年・下　西加奈子『サラバ！』小学館刊（上・下）
一五三回▼一五年・上　東山彰良『流』講談社刊
一五四回▼一五年・下　青山文平『つまをめとらば』文藝春秋刊

本書は、
著者が運営する直木賞非公式サイト
「直木賞のすべて」(2000年1月30日〜現在)の
ブログに掲載したエッセイの一部、
および「映画・テレビが愛した直木賞」
(『オール讀物』2014年3月臨時増刊号)を再構成し、
全体的に加筆してまとめたものです。

なお、
書名・作品名等については、
現在正字体で流通しているものを除き、
新字体で表記しています。

川口則弘

かわぐち・のりひろ

1972年東京都生まれ。直木賞研究家。筑波大学比較文化学類卒業。編著書に『消えた受賞作・直木賞編』『消えた直木賞・男たちの足音編』（メディアファクトリー）、著書に『芥川賞物語』『直木賞物語』（バジリコ）がある。

直木賞のすべて

http://homepage1.nifty.com/naokiaward/

ワタクシ、直木賞のオタクです。

2016年2月18日　初版第一刷発行

著者
▼
川口則弘

発行人
▼
長廻健太郎

発行所
▼
バジリコ株式会社

〒130-0022
東京都墨田区江東橋3－1－3　錦糸町タワーズ
電話03－5625－4420　ファクス03－5625－4427

印刷・製本
▼
株式会社 光邦

ISBN978-4-86238-227-6 C0095
http://www.basilico.co.jp